# बाली उमर

भगवंत अनमोल

राजपाल

ISBN : 9788194131816

प्रथम संस्करण : 2019 © Bhagwant Anmol

BALI UMAR (Novel) by Bhagwant Anmol

आवरण चित्र : निरामीयन

**राजपाल एण्ड सन्ज़**

1590, मदरसा रोड, कश्मीरी गेट, दिल्ली-110006

फोन : 011-23869812, 23865483, 23867791

e-mail : sales@rajpalpublishing.com

www.rajpalpublishing.com

www.facebook.com/rajpalandsons

*हम सभी के बचपन को*
*समर्पित*
*ताकि हमारे अन्दर का बचपन*
*(शैतानियाँ, जिज्ञासा, उत्सुकता,*
*एकता और हार न मानने*
*की ज़िद)*
*हमेशा जीवित रहे*

## आभार

प्रवीण अन्ना
को जिन्होंने इस किताब के एक पात्र को गढ़ने
और समझने में मदद की
जयश्री दोरा, भुवनेश्वर उपाध्याय व प्रभात रंजन जी
को इस किताब पर अपने बहुमूल्य
सुझाव देने के लिए
'सोलह बरस की बाली उमर को सलाम' गाने को
जिसने इस शीर्षक को जन्म दिया

# 1

मेरे अंतर्मन में दबा यह किस्सा वक्त के साथ धुंधला पड़ता जा रहा है। इससे पहले कि यह कहानी अन्दर-ही-अन्दर दम तोड़ दे, मैं आप लोगों तक पहुँचा देना चाहता हूँ। यह कहानी है, उत्तर भारत के गाँवों के हर उस बच्चे की जिसने अपना बचपन गाँव में जिया है। हो सकता है, आपने भी ऐसा जीवन जिया हो, हो सकता है न जिया हो, आप शहर में जन्मे हों और वहीं पले-बढ़े हों। लेकिन अगर आपने गाँव का जीवन जिया है तो आपको मैं आपके आस-पास के उन किरदारों के पास ले चलता हूँ, जो कभी आपकी ज़िन्दगी का अभिन्न अंग थे, आपको उस दौर की सुनहरी यादों में ले चलता हूँ, जिसे पीछे छोड़ आप शहर चले आए। लेकिन अगर आपने गाँव का जीवन नहीं देखा है तो आपको मोबाइल, टेलीफ़ोन और टीवी से कोसों दूर उस मोहल्ले में ले चलता हूँ, जहाँ के ये ऐसे नायक हैं जो ज़ीरो से हीरो बन गए। फ़ेसबुक, ट्विटर, इन्स्टाग्राम से कुछ दूर उन वादियों में ले चलता हूँ, जब इन तमाम माध्यमों का जन्म ही नहीं हुआ था। उस दौर में पहुँचकर आपको कुछ वैसा ही महसूस होगा जैसे शहर के शोरशराबे से दूर किसी हिल स्टेशन की सैर करना। तो आइये आपको मिलाता हूँ, बाली उमर के उन पाँच नायकों से, मेरी स्मृति में जिनकी छवि ज़ीरो से हीरो बनने की है। मेरी एक आदत है—कहानी मैं अपनी शैली में सुनाता हूँ, रोचकता बनाए रखने के लिए कहानी को कभी आगे ले जाऊँगा तो कभी पीछे! आपसे इतनी सी छूट तो ले ही सकता हूँ। खैर, मैं इस कहानी को नाम देता हूँ—'बाली उमर'

नवाबगंज!! हाँ नवाबगंज ही नाम था उस गाँव का। सिर्फ़ नाम नवाबगंज था बाकी बाप-दादा से लेकर परदादा तक किसी ने भी नवाबों का चेहरा तक नहीं देखा था। दौलतपुरवा!! हाँ दौलतपुरवा नाम था उस मोहल्ले का जिसकी यह कहानी है!! एक बार फिर से नाम का वहाँ की परिस्थिति से

कोई लेना-देना नहीं था। नाम दौलतपुरवा था पर दूर-दूर तक उस मोहल्ले में कोई दौलतमंद नहीं था।

## पोस्टमैन (बंटी)

आइये, सबसे पहले आपको मिलवाता हूँ पोस्टमैन से। राजा-महाराजाओं के ज़माने में प्रेमी-प्रेमिका का ख़त पहुँचाने का काम पक्षी किया करते थे। उन पक्षियों में भी कबूतर को इस काम का विशेषज्ञ माना जाता था। लेकिन मनुष्यों का प्रकृति पर हस्तक्षेप बढ़ता जा रहा है। जिसका परिणाम यह हुआ कि कपूर के जन्म लेते ही यह जगह भी पक्षियों से मनुष्यों ने हथिया ली थी। अब कबूतर बेरोज़गार रहने लगे थे। उनका काम बस मनुष्यों के सर पर एवं कपड़ों पर मल-मूत्र त्यागना भर रह गया था। शायद यह उनके विरोध करने का एक तरीका था। अब लव लैटर पहुँचाने का काम मोहल्ले के छोटे बच्चों को मिल गया था। खुदा ने भी दुनिया बनाते हुए किसी के साथ भेदभाव नहीं किया है। उसने हर जगह पर समान तरह के लोग और बराबर अवसर उपलब्ध कराए हैं। हर मोहल्ले में एक बच्चा ज़रूर ऐसा होता था, जो बचपन से ही पोस्टमैन के काम को बखूबी संभालता था। किसी को सिखाना नहीं पड़ता था, मानो उसे ईश्वर ने सिखा कर ही भेजा हो, जैसे गॉड-गिफ़्टेड हो। वह बच्चा मोहल्ले में जवानी की दहलीज़ पर कदम रखते प्रेमी-प्रेमिकाओं को एक-दूसरे की चिट्ठियाँ पहुँचाने का काम करने लगता। बंटी भी तो आजकल पोस्टमैन का ही काम किया करता था। वह कपूर और इति के ख़त एक-दूसरे तक पहुँचाता। उसके साथी उसे पोस्टमैन कहा करते थे, पर वह इस बात से कतई इत्तेफ़ाक नहीं रखता था। वह अपने इस कार्य को समाज सेवा का नाम देता। बंटी का मानना था कि अगर दो प्रेमियों की भावनाओं को वह एक-दूसरे तक पहुँचा देता है तो यह समाज सेवा ही तो है। उसकी इसे समाज सेवा मानने के पीछे दूसरी बहुत बड़ी वजह भी थी। हुआ कुछ यूँ, एक बार कपूर ने एक पत्र उसे थमाया था। बंटी बहुत पाजी (शैतान) किस्म का था। उसने रास्ते में उस ख़त को पढ़ लिया था, उसमें लिखा हुआ था कि अगर मयूरी ने फलां बात नहीं मानी तो वह ट्रैक्टर के नीचे दबकर जान दे देगा। पर बंटी रहा बड़ा होशियार, पढ़ता कक्षा तीन में ही था लेकिन बुद्धि बहुत पा गया था। वैसे भी यह बात पूरी तरह ठीक बैठती थी कि गाँव में समय से पहले सारा ज्ञान उस पोस्टमैन

लड़के को ही मिलता है। सच कहते हैं ज्ञान कागज़ से ही मिलता है, भले ही वह पुस्तकों के माध्यम से प्राप्त हो या लव लैटर के माध्यम से। यह समय से पहले बच्चों को बड़ा बना देता है।

उसके मन में तुरंत ख़याल आया, भला कोई ट्रैक्टर के नीचे भी दबकर जान देता है? उसने अभी तक तो यही सुना और देखा था कि लोग ट्रेन, ट्रक तथा बस के नीचे दबकर हाथ-पैर तुड़वाते हैं पर आज उसने पहली बार ट्रैक्टर के नीचे दबकर जान देने की बात सुनी थी। इससे पहले कि यह बात उसके मन में अधिक हावी होती, उसका मन दूसरी तरफ़ चला गया—बात यहाँ व्यवहार में जाने की नहीं है, बल्कि भावनाओं को समझने की है। प्रेम में ऐसा ही होता है व्यक्ति खतों में ही चुम्बन देकर उसे महसूस कर लेता है, यहाँ तक कि जो भोजन खाया जाता है, वह भी ख़त के माध्यम से भेज दिया जाता है और सामने वाला उसका स्वाद ले लेता है। फिर? मतलब यह कि ट्रैक्टर के नीचे भी दबकर जान दी जा सकती है। अब पोस्टमैन साहब ने मान लिया था कि कपूर ट्रैक्टर के नीचे दबकर जान दे सकता है। इसलिए उन्होंने एक तरकीब निकाली। जैसा कि आप सभी जानते हैं पोस्टमैन रहे बहुत होशियार, इति के पास कान में जाकर बोले, ''अगर कपूर की बात न मानी तो तुरंते जाके पूरे गाँव मा तुम्हारी पोल खोल देबे। पहिली बात तुम्हारे बाबू की कौनो इज़्ज़त है नहीं आए, फिर भी जोन बची-खुची है भी वहो मिट्टी पलीद हुई जाई।''

उधर कपूर से जाके बोल आए, ''अगर तुम्हरे पिछवाड़े में सच मा पोटास (ताकत) है तो ट्रैक्टर या साइकिल के नीचे दबे की कोशिश भर करके देख लियो, हम तुम्हरे बाप से बता देंगे। मरोगे तो है नहीं, इलाज करावे का बाबू पैसा भी न देहें और तुम्हरे ऊपर चली—दे गन्ना दे गन्ना!! मार एतनी पड़ी कि पोट लाल हुई जैहैं और कहूँ बैठे से पहिला दस बार सोचिहौ।''

असल में यह एक तरह का ब्लैकमेल था, परन्तु उसने अपनी इन हरकतों से होने वाली संभावित दुर्घटना को घटित होने से रोका था। ऐसा उसने एक दफ़ा नहीं किया, बल्कि कई बार किया था। इसलिए वह अपने इस काम को समाज सेवा ही माना करता था। इस काम के बदले उसकी धाक जमती थी। उसके इस समाज सेवा के अनेक फ़ायदे थे। जैसे—दूसरे मोहल्ले का कोई भी लड़का उससे झगड़ने की कोशिश नहीं करता था। वर्ना वह तुरंत कपूर को ले जाया करता था। दूसरा यह कि जेब खर्च के लिए बाबू से ज़्यादा घिघियाने की ज़रूरत नहीं पड़ती

थी। बाबू से माँगने के बजाय वह कपूर से जेब खर्च खींच लिया करता था। तीसरा और सबसे महत्त्वपूर्ण यह कि वह दोस्तों के बीच अपने नए नवेले उस ज्ञान की धमक जमाए रहता था जो उसे लव लैटर के माध्यम से प्राप्त होता था।

बंटी को यह नहीं पता था कि वह मोहल्ले का आखिरी बच्चा है जो पोस्टमैन बना। क्योंकि जब तक वह अपना काम अगली पीढ़ी के बच्चों के लिए हैण्ड ओवर करेगा तब तक मोबाइल फ़ोन पोस्टमैन की जगह ले लेगा और सभी बच्चे इस परम पुनीत कार्य के सौभाग्य से वंचित रह जायेंगे।

उसके पिता सजीवन लाल किसान थे। उनके पास बहुत अधिक खेती नहीं थी पर दूसरे लोगों से बटाई या किराये पर खेती लेकर कड़ी मशक्कत करके उसी से थोड़ा-बहुत कमा लिया करते थे। जिसमें बंटी भी उनकी मदद किया करता था। इस वजह से वह कम उम्र में ही ताकतवर हो गया था। रंग सांवला था पर शरीर मज़बूत। उसके बारे में यह प्रसिद्ध था कि पहलवानी में बंटी अपने से डेढ़ गुना बड़े छोरे को पटखनी दे सकता है। दूसरी तरफ़ बंटी को यह बात भली-भाँति पता थी कि उसका भविष्य किसानी में ही है और पोस्टमैनी या समाज सेवा उसके लिए ज्ञानवर्धक एवं फ़िलहाल एक टेम्परारी काम है। जब कभी समय मिलता था तो वह पास के सरकारी स्कूल भी चला जाया करता था। स्कूल वह उस दिन जाता था, जिस दिन घर में कोई अन्य काम नहीं होता था। जब से मिड-डे-मील की व्यवस्था हो गयी थी, तब से स्कूल जाने के लिए वह खासकर वह दिन चुनता जिस दिन मिड-डे-मील में अच्छा भोजन मिलने वाला होता था। कुल मिलाकर बात यह थी कि गाँव के अधिकतर बच्चों के लिए पढ़ाई सेकंड्री विषय होता था।

## खबरीलाल (पेट्टर)

उस गाँव में मुख्य रूप से दो ही तरह के व्यापारी थे, पहले किराना वाले और दूसरे दुदहा!! दुदहा नहीं समझते? कृष्ण जी के ज़माने में उन्हें ग्वाला कहा जाता था। अब वक्त बदल गया था, अब उन्हें गाँव में दुदहा कहा जाता है। मतलब गाँव के कई लोगों से दूध खरीदकर उसे शहर में बेचने का काम यही लोग किया करते थे। पेट्टर के पिता जी भी दुदाही का काम किया करते थे। पर पेट्टर ने कभी उन्हें पिता जी या बाबू नहीं कहा। वह उन्हें चाचा कहा करता था, कारण यह था कि उसके बड़े बाबू का लड़का, जो उससे बड़ा था, उन्हें चाचा कहा करता था।

देखादेखी वह भी चाचा कहने लगा। न किसी ने पेट्टर को समझाने की ज़रूरत समझी न सुधारने की।

हर मोहल्ले में एक पत्रकार भी हुआ करता था। जो हर घर की खबर रखता। जिसे वह अपने साथियों के साथ साझा किया करता था। चूँकि पेट्टर के चाचा दुदहा थे, तो गाँव भर में दूध दुहाने उनके चाचा जाया करते थे और पेट्टर का काम मोहल्ले के सभी घरों से दूध लाना होता। उसके बाद उसके चाचा सारा दूध लेकर शहर चले जाते। प्रतिदिन मोहल्ले के अधिकतर घरों के चक्कर लगाने के कारण उसे मोहल्ले के हर घर की खबर रहती थी। वह अपने साथियों को ताज़ातरीन लुभावनी खबरें दिया करता था। इसलिए सभी दोस्त उसे खबरीलाल कहकर बुलाते। पोस्टमैन की भाँति उसे पढ़ाई की फ़िक्र तभी सताती थी, जब उसका दुदाही और खबरें प्राप्त करने का काम खत्म हो जाता था। वह भी पोस्टमैन बंटी के साथ सरकारी स्कूल में उसी की कक्षा में पढ़ता था और वह भी ठीक उसी दिन स्कूल जाता, जिस दिन उसके पास कोई अन्य काम न होता था। खबरीलाल के आँख-कान बहुत तेज़ थे लेकिन आवाज़ बहुत भारी थी। चूँकि वह सारा दिन काम करता था इसलिए वह अपनी उम्र के बच्चों से अधिक मज़बूत हो गया था लेकिन धूप में घूमने के कारण सांवला भी हो गया था।

उस मोहल्ले के अधिकतर घर एक-दूसरे से जुड़े हुए थे। ज़्यादातर मकान कच्चे थे और कुछ पक्के। दो मंज़िला मकान तो दूर-दूर तक किसी का नहीं था। इसलिए छत-छत होकर ही मोहल्ले के कई घर नापे जा सकते थे। किसके घर में क्या बन रहा है और आँगन में क्या चल रहा है, सब कुछ देखा जा सकता था।

हर घर की खबर रखने वाले खबरीलाल ने अभी हाल ही में अपने दोस्तों को एक बार फिर से ताज़ातरीन रंगीन खबर दी थी। किराने की दुकान वाले भोगिल के यहाँ टेलर की पत्नी काम करने के लिए आती है, उसको लेकर उसके पास एक सनसनीखेज खबर थी।

उसने अपने मित्रों को बताया, ''जानते हो बे, कल हम छप्पर के नीचे से भोगिल के घर में झाँक के देखे थे। वह टेलर की दुलहिन सिर्फ़ उसका घर का काम नहीं करत आये। भोगिल के साथ काण्ड भी करती है।''

''काण्ड! कैसा काण्ड?'' एक साथ सबके मुँह से निकल पड़ा। जैसे कुछ देर के लिए वीडियो हैंग कर गया हो। पोस्टमैन के अलावा अन्य दोनों

दोस्तों (आशिक और गदहा) का मुँह तो ऐसा खुला था जैसे कहना चाह रहे हों, ''जल्दी बको बे। कैसा काण्ड?''

उन दोनों का चेहरा देखकर खबरीलाल हँस-हँस के लोटपोट हुआ जा रहा था, ''बताता हूँ, ऐसा काण्ड जिसे तुम लोग अपनी ज़िन्दगी में पहली बार देखोगे।'' रुककर उसने रहस्योद्घाटन किया, ''टेलर की दुलहिन का बिलकुल नंगी देखा है। बिना कपड़न के।''

सभी के मुँह जैसे खुले थे वैसे खुले के खुले रह गए, पोस्टमैन के मुँह से निकला, ''हैं?''

गदहा और आशिक ने ऐसे मुँह बनाया जैसे किसी को नग्न देखना जघन्य अपराध हो, ''चल बे, झूठ बोलत हो। कौनो देख लेई न, तो ऐस छटाई करी कि न हगत बनी न मूतत।''

''हाँ बे, हम काहे झूठ बोलेंगे? अगर हमरे ऊपर विश्वास न होए तो भरी दुपहरिया में जब इस नीम के पेड़ की छाया उस नाली को बस छूने वाली होगी तब हम इशारा करबे, वही वक्त है जब पूरा काण्ड होत है। फिर तुम लोग दबे पाँव हमरे पास आ जाओ, छप्पर के छेद से सब नज़ारा देखना। वा वकत सब कोई सोवत है तो कौनो कैसे देख लेई।'' अपना सर हिलाते हुए, वह माहौल का रस लेकर बता रहा था, ''फिर देखना टेलर की दुलहिन का लेगपीस!''

पोस्टमैन के दिमाग की बत्ती एकदम से जल उठी, मतलब जिस बात को उसने सिर्फ़ प्रेम पत्रों में पढ़ा था कहीं ये वही बात तो नहीं। आज वह उस क्रिया को अपनी नग्न आँखों से देखने वाला था। उसका शरीर काँपने लगा था, रोंगटे खड़े हो गए थे। पोस्टमैन के लिए यह नयी चीज़ ही थी। बाकी दोनों दोस्तों (गदहा और आशिक) को तो पहली बार पता चला था कि इस दुनिया में स्त्री-पुरुष कुछ ऐसा भी कार्य करते हैं। उन्हें तो ऐसा लग रहा था जैसे स्त्री का जन्म सिर्फ़ घर का खाना बनाने और पुरुष का जन्म बाहर जाकर कमाने के लिए ही हुआ है। उन दोनों को प्रेम का मतलब सिर्फ़ यह पता था कि लड़की छत पर चढ़ जाती है और प्रेमी घर के सामने से गुज़रता है या फिर प्रेमी पोस्टमैन के माध्यम से प्रेमिका के लिए ख़त भेजता है। उन्हें यह भी पता था कि प्रेम करते वक्त बच के प्रेम करना चाहिए वरना कुटाई होने के भी बहुत चांस होते हैं। इसके सिवाय उन्हें कुछ जानकारी नहीं थी। इससे अधिक का ज्ञान उन्हें आज प्राप्त हो रहा था। वे भी इस नए करतब को देखने के लिए उतावले थे। आखिर कोई भी नयी

चीज़ हो, उत्सुकता तो पैदा करती ही है। लेकिन वहीं पर एक लड़का ऐसा भी था जो इस कृत्य को देखने का आदी हो चुका था। वह था—खबरीलाल। उसने पिछले दो दिन से इस क्रिया का नयन सुख उठाया था। उसके बाद उसने अपने दोस्तों को बताने के बारे में विचार किया। अब वह इस अति आनंदपूर्ण खेल का मज़ा अकेले नहीं बल्कि ग्रुप में लेना चाहता था।

खैर, किसी तरह दोपहर का वह वक्त आया जब नीम के पेड़ की छाया नाली को छूने लगी। बच्चों का यह वक्त कैसे गुज़रा होगा, इसकी बस आप कल्पना कर लीजिये। सभी बच्चों के घर के लोग सो गए थे। लकड़ी की सीढ़ी लगाकर सभी बच्चे आज अपनी ज़िन्दगी में पहली बार इस क्रिया को आँखों से देखने के लिए दबे पाँव डरते हुए चले जा रहे थे। पोस्टमैन को लग रहा था कि अब आज के बाद वह बड़ा हो जायेगा, आखिर वह इस दृश्य का भी आनंद ले लेगा। छत पर खबरीलाल पहले से ही झाँक रहा था, कब क्रिया प्रारम्भ हो और कब वह दोस्तों को इशारे से अपने पास बुलाये। आखिर वह वक्त आ ही गया। खबरीलाल ने अपने तीनों दोस्तों को आने का इशारा किया। सभी छप्पर में बने छिद्रों से उस क्रिया को देखने लगे।

टेलर की दुलहिन जैसे-जैसे भोगिल के पास जा रही थी, वैसे-वैसे इन चारों की साँसें तेज़ हुई जा रही थीं। टेलर की दुलहिन ठीक पैसेंजर ट्रेन की रफ़्तार से कपड़े उतार रही थी और ये लोग शताब्दी में सवार थे। पोस्टमैन ने तो थ्योरी पढ़ रखी थी, वह प्रैक्टिकल देखना चाहता था। मगर पत्र में पोस्टमैन को कभी इतना विस्तार से पढ़ने को नहीं मिला था। वहीं अन्य दोनों दोस्तों के लिए यह एक रहस्यमयी फ़िल्म जैसा था, जिसे वे लोग पहली बार देख रहे थे। उनके लिए हर एक स्टेप नया स्टेप था। जीवन का एक नया रहस्य पता चल रहा था। सुरंग का द्वार खुल गया था। दूसरी तरफ़ नीचे आँगन में विविधभारती रेडियो स्टेशन पर बैकग्राउंड म्यूज़िक चल रहा था—तन से तन का मिलन हो न पाया तो क्या, मन से मन का मिलन कोई कम तो नहीं। पर इन दोनों कामप्रेमियों के विचार इस गाने से बिलकुल भिन्न थे, इन दोनों का मानना था कि मन से मन का मिलन हो न पाया तो क्या, तन से तन का मिलन कोई कम तो नहीं। खैर, जैसे ही पास जाकर टेलर की दुलहिन ने पल्लू उतारा, चारपाई पर बैठे भोगिल ने उसकी साड़ी ऊपर उठा दी। इन चारों दोस्तों की उत्सुकता हर स्टेप के साथ चरम पर पहुँचती जा रही थी। वे टेलर की दुलहिन के गोरे चिकने मांसल लेगपीस

के जैसे ही दर्शन कर पाए थे ठीक तभी पोस्टमैन के पिछवाड़े पर ज़ोरदार छड़ी पड़ी, उतनी ही तेज़ी से उसकी आवाज़ निकली, "आये अम्मा!"

"चाहे जेतना कुकर्म कर रहे हो पर जब मार पड़ती है तो अम्मा ही याद आती है।" सुनते ही सब चौंक गए। छत वाले भी और छत वालों का अपनी क्रिया से मनोरंजन करवाने वाले भी। पीछे देखा तो सच में आशिक की अम्मा ही थी, जिसे बुलाना था वह पहले से ही हाज़िर था, "अरे करमजलो, नासपीटों पढ़े-लिखे की उमर मा ई रांड़न की नौटंकी देखे में जुटे हो।" छत वालों पर छड़ी बरसने लगी। सब अपने-अपने पिछवाड़े बचाते यहाँ-वहाँ भागने लगे। सभी आये तो अपने-अपने घर से थे लेकिन भागते हुए जो सीढ़ी पहले मिली उसके घर से नीचे उतर गए। आशिक की अम्मा सबको मारती जा रही थी और बड़बड़ाती जा रही थी, "या रांड़ टेलर का घर बर्बाद किहिस ही। अब एखा करे आई है। जादा जवानी भरभरान है। नंगनाच मचाए है।"

इस कारण नीचे जो क्रिया होने वाली थी उस पर विराम लग गया। उन्हें भी पता चल गया था कि उनकी काली करतूत पकड़ी जा चुकी है। गाँव में हो-हल्ला मच गया और उन चारों के पिछवाड़े लाल हो गये। टेलर की दुलहिन का रोज़गार बंद हो गया। अब वह सिर्फ़ टेलर के घर में चौका बासन करने लगी। इन चारों बच्चों ने एक बार फिर से एक रोज़गारशुदा नारी को चौका बासन करने पर मजबूर करा दिया था।

## गदहा (रिंकू)

उस गाँव में नौकरी भी दो तरह की होती थी या तो व्यक्ति लेखपाल हो जाता था या फिर फ़ौज में जाता। जो लड़के पढ़ाई में अच्छे होते थे उनके बारे में बचपन से ही मोहल्ले में यह बात फैल जाती थी कि फलां का लड़का पढ़ाई में बढ़िया है। देखना एक दिन फ़ौज या एयरफ़ोर्स में जाएगा। इसी तरह रिंकू के पापा भी गाँव के पढ़ाकू लोगों में से थे, अपने वक्त में गुड सेकेण्ड डिवीज़न से पास हुए थे। मोहल्ले वालों का आशीर्वाद मिलता गया और आखिरकार फ़ौज में भर्ती हो गए। रिंकू भी उसी ग्रुप का तीसरा सदस्य था। बस रिंकू अपने तीनों मित्रों से छोटा था। पोस्टमैन और खबरीलाल कक्षा तीन में पढ़ते थे, आशिक कक्षा दो में और सबसे छोटा रिंकू कक्षा एक में पढ़ता था। वह पढ़ता कम, सोचता ज़्यादा था। उसके प्रश्न भी अजीबोगरीब हुआ करते थे इसलिए वह अपने मित्रों के

बीच मज़ाक का पात्र बन जाता था। रिंकू ने अगर गाँव की जगह शहर में जन्म लिया होता तो उसके दोस्त साइंटिस्ट या फिर सहस्त्रबुद्धि टाइप के नाम रखते। परन्तु गाँव में जन्म लेने और अपने मूर्खतापूर्ण प्रश्नों के कारण वह गदहा नाम से चर्चित हो गया था। गदहा नहीं समझे? गाँव में गधा को गदहा कहा जाता था। वह गाँव के एकमात्र प्राइवेट स्कूल में पढ़ता था। सरकारी नौकरी वाले फ़ौजी का लड़का था, इसलिए अधिक धूप में नहीं निकलता था, लाड़-प्यार अधिक मिल जाता था, इसलिए वह देखने में गोरा और शरीर से अपने दोस्तों के बीच सबसे दुबला-पतला था।

आपको याद होगा कि जिस दिन हम स्कूल नहीं जाते थे और उस दिन अगर स्कूल में कुछ खास पढ़ा दिया जाता था तो फिर हम परीक्षा के एक दिन पहले उसका हल ढूँढने के लिए यहाँ-वहाँ भटकते। ठीक ऐसा ही उस दिन गदहा के साथ हुआ था, एक दिन बाद उसकी परीक्षा थी, पर किसी एक दिन स्कूल न जाने की वजह से उसका यह प्रश्न अधूरा रह गया था। प्रश्न था—पृथ्वी गोल है या चपटी? यह प्रश्न लेकर वह खबरीलाल के पास गया। खबरीलाल ने प्रश्न देखते ही इस सवाल को पोस्टमैन के पास ट्रांसफ़र कर दिया। पूरे ग्रुप में पोस्टमैन ही सबसे बुद्धिमान माना जाता था। वह तर्क सहित उत्तर देता था। इसका कारण यह भी था कि वह कपूर के पत्रों का रसास्वादन किया करता था, जिस वजह से उसे अपनी उम्र से अधिक ज्ञान का खज़ाना माना जाता था। उसकी बात अकाट्य हुआ करती थी।

अब यह प्रश्न पोस्टमैन के पास पहुँचा। पोस्टमैन ने काफ़ी सोचा, उसके पास कोई जवाब नहीं था। तभी उसे ध्यान आया कि जब वह *भागवत* के दौरान कहीं से गुज़र रहा था तब पंडित जी की आवाज़ उसके कानों में गूँजी थी कि पृथ्वी के नीचे पानी है और पानी में शेषनाग है, जो पृथ्वी का भार उठाए हुए है।

उसने तुरंत जवाब दिया, ''सुनो पृथ्वी चपटी है।''

''काहे बे!!'' गदहा अचंभित हो गया।

''गदहा हो बे! जैसा नाम वैसा काम।'' जब पोस्टमैन किसी प्रश्न का जवाब देता तो वह उस मास्टर की तरह जवाब नहीं देता था जो सिर्फ़ थ्योरी पढ़ा दे, बल्कि वह उस मास्टर की तरह बर्ताव करता था जो उसे सिद्ध करके दिखा दे, ''तुम रहियो गोबर गणेश। कहो हाँ?''

अब गदहा को तो प्रश्न का जवाब जानना था, कल परीक्षा थी। इसलिए

उसने उसकी बात में सहमति जता दी, ''हाँ, अब आगे बताओ।''

''जौन आज के वैज्ञानिक नहीं सिद्ध कर पाए वा हमारे वेद पुराण मा पहले से लिखा है,'' पोस्टमैन रुकते हुए आगे बोला, ''सिर्फ़ क, ख, ग... ही पढ़े हो या फिर कबहूँ *भागवत* भी सुने हो?''

''हाँ, सुने है बे,'' वह बहुत गंभीरता से बात सुन रहा था।

''उसमें बतावा नहीं जात आए, या पृथ्वी का भार शेषनाग उठाए है।''

''अब ज़्यादा विश्वास न हो तो अपने घर से आपन लकड़ी का सांप ले आओ। ओखे ऊपर गेंद रख के देखो। अगर वा सांप अपने ऊपर गेंद रख लेत है तो यह मान लेव कि पृथ्वी गोल है और न रख पाए तो समझ लियो चपटी है।'' पोस्टमैन ने प्रैक्टिकल करने का भी रास्ता बता दिया था।

यह बात गदहा को भी समझ आ गई कि अगर शेषनाग के ऊपर पृथ्वी रखी है और पृथ्वी गोल है तो अगर उस लकड़ी के सांप के ऊपर भी गेंद रखी रही तो पृथ्वी गोल है, वर्ना चपटी। वह तुरंत भागकर घर गया और लकड़ी का वह सांप ले आया जो उसके पापा पिछली बार खरीदकर लाये थे।

तुरन्त दोनों ने उस सांप के ऊपर गेंद रखने की कोशिश की पर गेंद बार-बार लुढ़क जाती थी। गेंद जैसे ही लुढ़कती पोस्टमैन के चेहरे पर मुस्कुराहट दौड़ पड़ती। वह इस बात से खुश हो रहा था कि ज्ञान पाने के लिए पढ़ना ज़रूरी नहीं है, उसके लिए दिमाग होना चाहिए। ठीक उसी तरह जिस तरह आजकल के कई नए लेखक सोचते हैं किताब लिखने के लिए पढ़ना ज़रूरी नहीं है। वह अपनी काबिलियत पर अन्दर ही अन्दर प्रसन्न हो रहा था। बस वह इस बात का इंतज़ार कर रहा था कि गदहा उसकी बात स्वीकार करे और वह अपने ज्ञान को अपने शरीर के हर अंग से झलकाता घूमे।

गदहा को भी बात समझ आ रही थी, पर अगले ही पल उसे ध्यान आ गया कि एक बार उसके पापा कहीं जा रहे थे तो उनकी मुलाक़ात एक ऐसे व्यक्ति से हुई थी, जिसकी उन्होंने उम्मीद नहीं की थी। मिलने पर उन्होंने कहा था, ''दुनिया गोल है, घूम-फिर के आदमी मिल ही जात है।''

तुरंत गदहा ने अपनी बात उसके सामने रख दी।

अब तो बात पोस्टमैन के दिल पर लग गयी थी। उसकी बात हमेशा अकाट्य हुआ करती थी। वह जो भी कहता था वह पूरे मोहल्ले में उसके मित्रों के बीच पत्थर की लकीर बन जाया करती। लेकिन आज उसके ज्ञानी होने पर

प्रश्नचिन्ह लगने वाला था। तुरंत ही उसे ध्यान आया कि एक बार जब वह स्कूल गया था तो मास्साब किताब में दुनिया का मानचित्र दिखा रहे थे। उसने मानचित्र तो नहीं देखा, न समझा, पर यह बात ज़रूर समझ गया। मानचित्र भी तो कागज़ पर बना था। अगर गोल होता तो एक कागज़ पर सीधा-सीधा कैसे बन जाता। अब उसके चेहरे पर रौनक आ गई थी। जीत की खुशी दिखने लगी।

''तुम गदहा के गदहा रहियो,'' ऐसा बोलने के पीछे पहला कारण यह हुआ करता था कि उसे नीचा दिखाया जाए और दूसरा यह कि वह अगला प्रश्न न पूछ बैठे। ''कबो किताब पलट के देखे हो तो पता चले, जितना मास्साब पढ़ा दिए ओतना रट लेते हो। रटे वाले लोग बहुत जादा उन्नत थोड़ी कर पात है।'' उसने अपनी अक्ल झाड़नी शुरू कर दी, ''किताब खोल के देखेव, ओखे पीछे जो नक्शा बना रहत है वा चपटा ही बना रहत है।'' उसने सेर पे सवा सेर मार दिया था।

अब गदहा को भी याद आ गया, हाँ बात तो सही कहत है, एक किताब के पीछे उसने पूरे विश्व का मानचित्र एक कागज़ पर ही देखा था। और अभी प्रैक्टिकल करके भी देखा था तो लकड़ी के साँप के ऊपर गेंद स्थिर ही नहीं हो पा रही थी। तय नहीं कर पा रहा था कि यह पृथ्वी चपटी है कि गोल है। पर 2-1 से जीत की तरह उसने अपने गुरु को मन ही मन प्रणाम करते हुए स्वीकार कर लिया कि पृथ्वी चपटी है। अब मोहल्ले के सभी लड़कों के बीच यह बात अकाट्य रूप से स्वीकार कर ली गयी कि पृथ्वी चपटी है। इतना ही नहीं अगले दिन गदहा की परीक्षा में भी वही प्रश्न पूछ लिया गया था और वह वृत्ताकार या फिर गोल की जगह अपने 'गुरु' द्वारा बताये गए जवाब 'पृथ्वी चपटी है' लिखकर आ गया था।

## आशिक (झंडी लाल)

गाँव में नेतागिरी भी पूरे उफ़ान पर होती है। गाँव के हर व्यक्ति में राजनीति ठीक उसी तरह कूट-कूट के भरी होती है जिस तरह किसानी। हर वह व्यक्ति जो लेखपाल या फ़ौजी नहीं बन पाता और अगर उसके पास थोड़ा-बहुत धन होता है, तो वह ठीक राहुल गांधी की तरह निर्विवाद रूप से गाँव का नेता बनने की काबिलियत रखता है। ऐसे ही तो झंडी लाल के बाबू थे। उनके साथ के दोस्त फ़ौजी बन गए थे पर वह अभी गाँव में ही थे। भले ही गाँव

में रह गए हों पर उनका इस बात पर बड़ा विश्वास था कि अगर गली का मोची भी बनना है तो अच्छा वाला। इसीलिए गाँव में उनकी अच्छी फ़िज़ा थी। वह दो बार परधानी के चुनाव में भाग्य आज़मा चुके थे, पर दोनों बार उन्हें हार का सामना करना पड़ा था। असल में इसे भाग्य आज़माना नहीं कहेंगे क्योंकि वह तीसरी बार फिर से लड़ने की तैयारी में थे। कुल मिलाकर वह उस व्यक्ति की तरह थे जो हार मानने को तैयार न होता हो। वैसे भी गाँव में यह कहावत प्रचलित है कि जो सबसे बड़ा लठमार होता है, वही नेता बनता है अर्थात् जो हार कर भी अगली बार लड़ाई की तैयारी में लगा रहे वही नेता होता है। इसलिए मोहल्ले वालों की तरफ़ से वे भविष्य के नेता मान लिए गए थे। गाँव के परधान कोई भी हो पर मोहल्ले के परधान शिवमंगल सिंह ही थे। मोहल्ले वालों को उनका जज़्बा देखकर लगता था कि आज नहीं तो कल ये परधान जी ज़रूर बनेंगे। आलम यह था कि अगर सिर्फ़ मोहल्ले भर का परधानी का चुनाव करा दिया जाए तो शिवमंगल सिंह निर्विवाद रूप से प्रधान चुन लिए जाते। इसलिए कम-से-कम मोहल्ले वाले उन्हें परधान जी कहकर ही बुलाते थे। वे यूँ ही परधान जी नहीं कहलाते थे, इसके पीछे भी कुछ कारण था। जब वह राजनीति पर अपना ज्ञान बघारते तो हर किसी को चुप्पी साधनी पड़ जाती। ऐसा लगता जैसे अटल बिहारी वाजपेयी से लेकर एचडी देवगौड़ा तक हर किसी की मीटिंग में शामिल होकर आये हों। आगे के दस साल की भारतीय राजनीति का भविष्य उनको पता होता था।

हर मोहल्ले में एक लड़का ऐसा ज़रूर होता है जो बचपन से ही आशिकगिरी को बखूबी संभाल लेता है। उसे आशिकी के ज्ञान की अधिक ज़रूरत नहीं पड़ती है। ऐसा लगता है कि वह जन्म से ही आशिक पैदा हुआ है और पैदा होते ही गोविंदा का रक्त उसके शरीर में बहने लगा हो। कुछ ऐसे ही चरित्र थे झंडी लाल। हाँ वही मोहल्ले के परधान जी के सपूत। उन्हें हर कोई आशिक कहता था। वैसे आशिक की एक खासियत यह होती है कि यह चरित्र कालजयी होता है। जैसे पोस्टमैन का चरित्र मोबाइल फ़ोन और इन्टरनेट आने के साथ ही डायनासोर की तरह विलुप्त हो जाएगा लेकिन आशिक आज से हज़ार साल पहले भी गॉड-गिफ़्टेड रूप में जन्म लेते थे, हज़ार साल बाद भी जन्म लेते रहेंगे। आशिक भी गदहा की तरह गोरा था मगर थोड़ा तंदरुस्त था। वह पोस्टमैन, खबरीलाल से एक दर्जा कम दो में पढ़ता था। यानी गदहा से एक वर्ष बड़ा था।

अभी पिछले दिनों आशिक और उसके साथियों ने मिलकर एक ऐसा काण्ड देखा था, जिसके बाद आशिक जी की नींद उड़ गई। उसकी आँखों के सामने टेलर की दुलहिन का लेगपीस ही घूमता रहता था। अब उससे रहा ही नहीं जा रहा था। अब वह किसी तरह उस दृश्य के मज़े लेना चाहता था। 1996 के क्रिकेट विश्वकप का दौर था और हर कोई फ़िलिप्स के रेडियो पर आकाशवाणी से मैच का आँखों देखा हाल सुनने के लिए कान गड़ाए हुए था। उस वक्त आशिक की मम्मी बाहर चारा-सानी कर रही थी और वह घर में अकेला खटोले पर बैठा हुआ था। शायद उसकी नज़रों में भोगिल और टेलर की दुलहिन का नज़ारा चल रहा था। बार-बार उसका पल्लू गिराना और भोगिल का साड़ी उठा देना उसकी नज़रों के सामने से गुज़र रहा था। उसे खुद ही नहीं पता चल रहा था कि उसका मन इस ओर क्यों आकर्षित हो रहा है। जाने-अनजाने वह रात में बस इसी को सोचता रहता था। वह मन-ही-मन ख़याली पुलाव पका ही रहा था तभी उसके घर गदहा का आगमन हुआ। आशिक का उस टेलर की दुलहिन के परियों वाले चेहरे से ध्यान भग्न हो गया। न चाहते हुए भी उसने गदहा को अपनी खाट पर बैठने का न्योता दे दिया। न भी देता तो भी वह बैठ जाता। खैर, दोनों बैठ गए तथा आँखों ही आँखों में एक-दूसरे को देखने लगे।

आशिक के मन में तो वही बात बार-बार घूम रही थी, धीरे से उसने खामोशी को विराम दिया, ''बोलो गन्दी बात की जाए?''

गदहा की बत्ती गुल, ''गन्दी बात?'' उसने इधर-उधर देखा।

''हाँ, तुम बाहर की चिंता न करो! सब मैच मा लागे हैं!! अबे सचिन खेल रहा है, जब सचिन आउट होई तबहीं सब आपन काम देखिहें।'' उस वक्त सचिन की बैटिंग सुनने के लिए लोग मोहल्ले वाले परधान जी के रेडियो में कान गड़ाए हुए थे। सचिन की बैटिंग सुनना तो ईश्वर की आरती सुनने जैसा था। सचिन की बल्लेबाज़ी के वक्त विनीत गर्ग की कमेन्ट्री सोने पे सुहागा जैसी होती थी। सबसे अधिक काम तब बिगड़ता था जब टोनी ग्रेग या रवि शास्त्री की अंग्रेज़ी वाली कमेन्ट्री शुरू हो जाती। तब बॉलर से ज़्यादा गालियाँ इन तीन ओवर में अंग्रेज़ी वाली कमेन्ट्री को पड़ती थीं। रेडियो के शोर से चौके या छक्के या फिर आउट होने का अनुमान लगाया जाता था। गाँव के लोगों को यह लगता था कि पूरे भारत में सिर्फ़ हिन्दी ही बोली एवं सुनी जाती है। फिर अंग्रेज़ी कमेन्ट्री देना सबके लिए एक अबूझ पहेली जैसी

होती थी। खैर, गाँव में एकाध टीवी था। लेकिन वे अपने यहाँ हर किसी को घुसने नहीं देते थे। जो उनके घर में घुसकर मैच देख लेता था, वह साक्षात् सचिन रूपी ईश्वर के दर्शन कर लेता था।

गदहा ने बिना कुछ बोले ही आँखों ही आँखों में सहमति जता दी। उसकी रगों में खून तेज़ी से दौड़ने लगा। रोयें खड़े होने लगे।

"एक बात बताओ, जब तुम्हार शादी हुई जई तो अपने दुलहिन के साथ करिहौ?" आशिक की आँखों में बस टेलर की दुलहिन के रूप में अपनी दुलहिन घूम रही थी।

"का करिहौ?" गदहा थोड़ा अनजान बन रहा था।

"वही जौन टेलर की दुलहिन भोगिल के साथ करत रही है। घचा-घच, घचा-घच, धड़पकड़ काण्ड।" ऐसा नाम लेते ही उसके रोंगटे खड़े हो गए। वह उस वक्त को बस अपनी बातों के माध्यम से ही महसूस कर रहा था। वह उसे जी लेना चाहता था। इस बीच बातों में उनको पता ही नहीं चला कि छत-छत होकर पीछे की सीढ़ियों से खबरीलाल नीचे उतर आए थे और चुपचाप खबर लेने उनके पीछे खड़े हो गए। उनका नाम खबरीलाल यूँ ही नहीं पड़ा था, उनके बारे में यह कहा जाता था कि जहाँ न जाए रवि वहाँ पहुँचे खबरी। जैसा उनका हाल था। वह अपने नाम पर पूरी तरह फिट बैठते थे।

"यार! करिबे तो! पर..." गदहा कहते-कहते रुक गया।

"क्या पर?" मानो आशिक के मन में कोई प्रक्रिया चल रही हो और उसके 'पर' कहने से उसकी प्रक्रिया में विराम लग गया हो।

"पर, कहीं वह टेलर की दुलहिन जैसी न हुई! मम्मी से बता दी तो?" गदहा को मार का डर सता रहा था। उसे अभी पिछले दिनों आशिक की अम्मा की छड़ियाँ याद आ गयी थीं।

बात भी सही थी, आशिक को भी तुरंत अपनी अम्मा की उन छड़ियों की याद आ गयी। याद आते ही उनकी रूह काँप गयी। उसे भी लगा कि हर कोई टेलर की दुलहिन जैसी थोड़ी होती है। कोई उसकी दीदी और अम्मा जैसी भी होती है। जो बहुत सीधी होती है। गन्दी बात करने से रोकती है, मारती-डाँटती है। यहाँ तक कि पिछवाड़ा लाल कर देती है। अब उसके मन में एक सवाल दौड़ गया था कि अगर पत्नी उसकी दीदी या अम्मा की तरह सीधी हुई तो बहुत दिक्कत हो जायेगी।

"हाँ बे! बात तो सही है। एक काम करबे, अपनी दुलहिन को चुप रहने को कहेंगे। उससे कहेंगे वह बाबू-अम्मा से कुछ न बताये।" पर उसको कोई उपाय नहीं सूझ रहा था कि वह अपनी पत्नी को कैसे रोक पायेगा कि वह उसके बाबू-अम्मा से कुछ न बताये।

"भाई चाहे जितना मना कर लो। पर अगर वा सीधी भई तो मान लो कि वा मम्मी-पापा से बता देई। आखिर गन्दी बात तो गन्दी बात होती है।" गदहा ने भी स्वीकार कर लिया कि गन्दी बात पर तो तड़ातड़ पड़ने वाली है। और आशिक ने भी स्वीकार कर लिया था कि गन्दी बात तो गन्दी बात होती है। उसका परिणाम बुरा होता है। जैसा टेलर की दुलहिन के साथ हुआ, उसका घर से निकलना भी बंद हो गया।

अब दोनों के मन में भय ने घर कर लिया था और यह विचार कि अपनी दुलहिन के साथ कुछ करिबे भी दूर भाग गया था। अब दुलहिन में सीधी-सादी उस औरत की छवि बनने लगी थी। जिससे उनकी शादी होगी और वह उन्हें खाना बनाकर खिलाएगी, उनके कपड़े धोएगी और साथ में रहेगी। उन्होंने स्वीकार लिया था कि शायद वे कभी अपनी दुलहिन को छू नहीं पायेंगे।

दोनों ने गलती मान ली थी कि वे बहुत गलत बात कर रहे हैं, गन्दी बात नहीं करनी चाहिए, इस अपराधबोध के साथ वह इस बात को वहीं दफ़न कर देना चाहते थे। इसीलिए गदहा ने अपने बचाव का अस्त्र चलाया, "ई सब बातन का, पोस्टमैन या फिर खबरीलाल से न बताये, वर्ना खबरीलाल पूरे मोहल्ला मा बता देई कि हम दोनों गन्दी बात करत रहे।"

पीछे खबरीलाल सब बात सुन रहे थे और धीरे से बोल दिए, "इनका देखो, अबे दूध के दाँत टूट नहीं आए, सील तोड़े चले। हम तो जाके अबहीं पूरे मोहल्ला मा बता देंगे कि अपनी दुलहिन के साथ केत्ता घिनौना काम करे के बारे मा सोचत रहे हो तुम दुनो। सब कोई केत्ता हँसी भगवान तक न माफ़ करी। तुम्हें नरक मा कोल्हू में पीसा जाएगा।"

गदहा और आशिक के पैरों के नीचे से तो ज़मीन ही खिसक गयी। ऐसा लगा जैसे उड़नखटोला से नीचे गिर गए हों। 'जौने बात का डर रहे, वही हुआ!!' पहला ख़याल यह था—खबरीलाल कहाँ से घुस आया। दूसरा यह कि गदहा के घर में एक पोस्टर लगा था, जिसमें कुकर्म करने पर मृत्यु के पश्चात् जो सज़ा मिलती थी, उसका चित्रण था। उसके मन में तुरंत वह कोल्हू चलाने

वाली तस्वीर याद आ गई। आशिक को लगा कि उनकी चोरी पकड़ी गयी। इस खबरीलाल की ज़बान का कौनो विश्वास नहीं है। जिस तरह केला के छिलका से पैर फिसलता है ठीक उसी तरह खबरीलाल की ज़बान से खबर फिसलती है। कब क्या बोल दे, किसी को पता नहीं। दूसरी तरफ़ गदहा को मृत्यु के पश्चात् मिलने वाली सज़ा का भय सताने लगा। एक चोर की भाँति दोनों को यह अपराधबोध होने लगा था कि सच में उन्होंने कोई घिनौना काम करने के बारे में सोच लिया। आशिक और गदहा की आँखों में अपराधबोध देखा जा सकता था, महसूस किया जा सकता था।

खैर, अब इस अपराधबोध के बजाय सबसे पहले खबरीलाल का जुगाड़ करना था। दोनों लग गए उसकी मान मनौती में, गिर पड़े उसके पैरो में। अपने इस कुकृत्य की माफ़ी माँगने लगे, गिड़गिड़ाने लगे। खबरीलाल भाई साब बड़े दयालु निकले। शाम की एक पत्ता चाट का परसाद स्वीकार करके उनके इस कुकृत्य को उन्होंने माफ़ कर ही दिया और यह हिदायत दी कि आगे से इतना घिनौना सोचना भी नहीं। घर परिवार में इतना बड़ा घिनौना काम करने वाले को भगवान् नरक में नंगा कराके कोल्हू में पीस देता है।

## 'पागल है'

गाँव में एक व्यक्ति चुन लिया जाता है, जिसे 'पागल है' कहकर तफ़री ली जाती है। कई दफ़ा मज़ाक बहुत बेहूदा हो जाता है और वह लड़ाई-झगड़े का भी कारण बनता है। ऐसे ही इस गाँव में भी एक व्यक्ति को 'पागल है' कहा जाने लगा था। क्या वह सच में पागल था या सिर्फ़ लोग कहते थे?

हाँ पागल ही तो था! बड़े-बुज़ुर्ग उसे पागल ही तो कहते थे। अगर वे पागल कहते थे तो सच में पागल ही होगा! बड़े बुज़ुर्ग कभी गलत नहीं कहते! यही धारणा फैली हुई थी मोहल्ले के सभी बच्चो में। सब उसे पागल ही तो मानते थे। उसे गाँव के मुखिया जी कहीं से पकड़कर अपने यहाँ ले आये थे। यहाँ पर ध्यान देने वाली बात यह है कि हम मोहल्ले के परधान शिवमंगल सिंह की बात नहीं कर रहे हैं, बल्कि सम्पूर्ण गाँव के निर्वाचित परधान की बात कर रहे हैं। लोग उन्हें मुखिया जी कहकर पुकारते थे। वही उसे खाना दिया करते थे और उससे अपनी भैंस और गाय का काम करवाया करते थे। गोबर से लेकर सानी-चारा सब वही करता था।

उसे सब 'पागल है' इसलिए भी कहा करते थे कि वह न किसी की कोई बात समझ पाता था और न लोगों को उसकी बातें समझ आती थीं। पूछा कुछ जाता था और वह जानवरों जैसी कोई ऐसी आवाज़ निकालता था, जिसका उस सवाल से कोई लेना-देना नहीं होता था। ठीक वैसे ही जैसे पूछा जाए कि फलाने का घर किधर है और कुत्ता भौं-भौं की आवाज़ निकालने लगे।

रही-सही कसर वह बीच-बीच में ऐसी हरकतें करके पूरी कर दिया करता था जिस वजह से उसके पागल होने पर ठप्पा लग गया था। उसका नाम किसी को नहीं पता था, मुखिया साहेब जी उसे गोविन्द नाम दे चुके थे और गाँववालों ने उसे 'पागल है' नाम दे दिया था। इससे न मुखिया जी को एतराज था, न गोविन्द को। वह एतराज भी करे तो क्यों करे? शायद गोविंद को 'पागल है' का मतलब ही न समझ आता हो। आखिर वह पागल था, वह क्या जाने शब्दों की जादूगरी। वह बारह वर्ष की बाली उमर से जवानी की तरफ़ बढ़ने वाला बच्चा था। हाल ही में वह एक पुल के नीचे छुपकर खेत में काम करने वाली एक लड़की का दूर से नयनसुख लेते हुए स्वान्तः सुखाय की प्रक्रिया में लिप्त था। इस हालत में पकड़ने वाला और कोई खास जासूस नहीं था, बल्कि वह महानुभाव थे—खबरीलाल। खबरीलाल ने आज फिर से अपने नाम को अपने काम से सही सिद्ध कर दिया था। आज वह फिर से अपने तीनों दोस्तों के सामने एक ताज़ा खबर लेकर आये थे और वह चारों चल दिए पत्थर लेकर उस पुल की तरफ़ तथा उनका मिशन कामयाब हो गया। इससे पहले 'पागल है' को चरम आनंद प्राप्त होता उसे रंगेहाथों पकड़ लिया गया था। फिर क्या था बरसने लगे उसके ऊपर पत्थर। लगने लगे ठहाके। पैंट की चेन बंद करने का मौका नहीं मिला। किसी तरह पत्थर खाते हुए वह वहाँ से भाग खड़ा हुआ। कुछ दूर पहुँचकर उसने ज़मीन पर पड़े पत्थर उठाये और दोगुने गुस्से से दौड़ पड़ा उन चारों की तरफ़। अब सरकार पलट गयी थी, अब उन चारों को भागना पड़ा। चारों को भागने का रास्ता नहीं मिल रहा था।

वह पागल बोले चला जा रहा था, "सूले मगा... । सूले मगा।"

किसी तरह उन बच्चों को एक बड़े व्यक्ति ने बचाया और नसीहत दे डाली, "कई बार समझावा है, 'पागल है' से बोकरादी (बकैती) न करो। ओखे दिमाग तो है नहीं, कहूँ कुछ मार वार देई तो समझ आई तुम्हें।"

अब सब ने एक साथ स्वीकार कर लिया था कि 'पागल है' से बकैती नहीं

करनी है। वरना भागे रास्ता न मिली। अब गाँव के हर किसी व्यक्ति ने 'पागल है' को 'पागल है' की तरह मान लिया था। इस विषय में किसी के भी बीच मतभेद नहीं बचा था। बस बच्चों के बर्ताव में कुछ बदलाव आ गया था। गदहा 'पागल है' को देखते ही सौ फीट दूरी बना लेता था, आशिक ने उसे परेशान करना बंद कर दिया था। वहीं खबरीलाल और पोस्टमैन उसे तंग करके बिना देर लगाए तुरंत नौ दो ग्यारह हो लेते थे। वह उनके पीछे कुछ दूर पत्थर लेकर भागता, फिर निराश होकर वापस अपने काम में लौट जाता। यह लगभग उसकी दिनचर्या में शामिल हो चुका था।

# 2

## आशिक की बहिनी का ब्याह

अब आप सोच रहे होंगे कि बाकी सब तो ठीक पर इसका 'पागल है' नाम कैसे पड़ा और यह है कौन? आखिर इसके माँ-बाप कौन हैं? इसके अन्दर क्या कमी है? यह ऐसी हरकत क्यों कर रहा था? आपको बता दें कि 'पागल है' के बारे में इतनी भ्रांतियाँ फैली थीं कि हर किसी के पास अपनी कहानी थी। बाबू सिंह के बाबू, यहाँ पर ध्यान देने वाली बात है बाबू सिंह के बाबू अर्थात् बाबू स्क्वायर। खैर, उन्होंने एक बार कहानी सुनाते हुए बताया था कि 'पागल है' को इसलिए 'पागल है' कहते हैं क्योंकि उसका जन्म ही उल्टा हुआ था। उन्होंने बताया कि गाँव के कोने में ट्यूबवेल के पीछे झोंपड़ी में एक गरीब औरत रहती थी जिसने इस पागल को उल्टा जन्म दिया था और वह जन्म देते ही मर गयी। फिर मुखिया जी ने इसे पाला-पोसा, लेकिन बड़ा होकर भी यह पागल ही रह गया। अब उन्होंने इसको अपने यहाँ काम पर रखा हुआ है।

पंडित के बाबू का अलग मत था। उन्होंने बताया कि पागलपन पीढ़ी-दर-पीढ़ी चला आ रहा था। उसकी माँ पागल थी, इसके पहले उसके दादा पागल थे और उसने जन्म भी एक पागल को दिया। उसकी माँ का पता नहीं है कि वह कहाँ चली गयी? लेकिन इस लड़के को मुखिया ने अपने यहाँ शरण दे दी। बेचारा घर का काम करता है। बदले में खाने को भोजन मिल जाता है। बाकी

कौन ऐसे पागल को नौकरी पर रखेगा।

'पागल है' कौन था और उसका यह नाम कैसे पड़ा—इसे जानने से पहले यह जानने की ज़रूरत है कि 'पागल है' पहली बार पोस्टमैन एंड कंपनी से कब मिला था? यह बात तब की है जब भारत ने पोखरण में परमाणु बम के विस्फोट की तैयारी की थी और अमेरिका ने उस पर रोक लगा दी थी यानी 1995 की। इन बातों से अनजान गाँववासी पहली बार किसी शादी में बफ़े सिस्टम के प्रयोग को लेकर उत्साहित थे। इस उत्साह को कुछ इस तरह से मापा जा सकता था कि गाँव के सभी लोग उत्सव की भाँति इसका इंतज़ार कर रहे थे। उत्सव की भाँति क्या? उत्सव का माहौल ही बन गया था शाम को। आशिक का पक्का घर झूमर और बिजली की लाइट से जगमगा रहा था। मोहल्ले के परधान जी के चेहरे से उनका रुतबा और सम्मान हर मुस्कान के साथ झलक रहा था। सामने वाले व्यक्ति को इसका अंदाज़ा नहीं लगाना पड़ता था। उनका रुतबा अपने आप से झड़ता हुआ दिखाई पड़ रहा था। वे हर किसी को यह बताने पर तुले थे कि गाँव में पहली बार किसी शादी में इतना भव्य आयोजन हुआ है। वह यह बताने से नहीं चूकते थे कि गाँव में पहली बार बिटिया की शादी में कौनो राजदूत दे रहा है। राजदूत असल में सिर्फ़ मोटरसाइकिल नहीं थी बल्कि उनकी शान में चार चाँद लगाने वाला माल था। उनके पास आने वाले लोग जमकर उनकी व्यवस्था की तारीफ़ करते, यह अलग बात है कि पीठ पीछे कमियाँ निकालने की कोशिश करते।

चूँकि गाँव में पहली बार किसी की शादी में बफ़े सिस्टम की व्यवस्था थी। हर कोई इस नई पद्धति में खाने के लिए बहुत उत्सुक था। जिनको निमंत्रण मिला था वे लोग सांझ से ही दिशा-मैदान होकर पेट खाली करके आ गये थे और घर में हिदायत दे दी गई थी कि आज का खाना कतई न बनाया जाए। जिन लोगों को निमंत्रण नहीं मिला था, वे लोग मन मसोस कर रह गए और यह सोच रहे थे कि काश शिवमंगल सिंह से लड़ाई-झगड़ा न किये होते तो पहली बार हुए इस बफ़े में भोजन करने का मौका मिल जाता।

शर्मा जी मन-ही-मन सोच रहे थे कि आज उन्हें कोई भी चार-पाँच बार रसगुल्ला लेने से रोकेगा नहीं। जब बैठ के खाना खिलाया जाता था तो रसगुल्ला देने वाला सिर्फ़ एक रसगुल्ला रखकर दुबारा ईद का चाँद हो जाता था। आखिर हैं तो ब्राह्मण ही, मिठाई पर फ़ोकस अधिक होता है। वहीं यादव साहब इसलिए

खुश थे कि आज पेट भर कर खाना खायेंगे। उसके पीछे कारण यह था कि वह शादी-ब्याह वाला पकवान काफ़ी देर तक बैठ कर खाते थे और हर बार सारी पंगत उठ जाती थी और वह अंत में अकेले बचते थे, जिस वजह से अंत में उन्हें आधा पेट खाकर उठना पड़ता था। आज उन्हें इस बात का डर नहीं रहेगा कि पंगत उठ गयी और वे बैठे खाते रह गए।

शादी सिर्फ़ दो लोगों की होती है पर उस शादी से ख़्वाब कई लोगों के जुड़े होते हैं। ऐसा ही कुछ इस शादी के साथ भी था। कुछ नवयुवक तो शादी बारात में सिर्फ़ इसलिए जाया करते थे कि देखें आज कौन-सी वाली लड़की सबसे मस्त लग रही है। शादी की रात सिर्फ़ दो लोगों का मिलन नहीं कराती बल्कि नए लोगों के प्रेम प्रसंगों की शुरुआत की भी रात होती है। कई नज़रें एक-दूसरे से पहली बार टकरातीं और फिर एक-दूसरे की होकर रह जातीं।

वहीं आशिक महाराज ने अपने दोस्तों को यह कहकर बुलाया था कि उसके बाबू ठंडे की व्यवस्था किये हैं और वह अपने दोस्तों को ठंडा पिलाएगा। सब दोस्त तैयार होकर आ गये थे। सबके मन में यही इरादा था कि ठंडा पिया जायेगा। गदहा ने प्रिंस सूट पहन रखा था जो उसके पापा पिछली बार शहर से लेकर आये थे। उसके पापा इतना बड़ा प्रिंस सूट लाये थे कि अगर वह तीन-चार साल बाद भी पहनता तो शायद उसको फ़िट आता। गाँवों के लोग कपड़े खरीदने के मामले में बहुत दूरदर्शी होते हैं। कपड़े इतने बड़े लिए जाते हैं कि छोटे न पड़ जाएँ और होता यह है कि कपड़े फ़िट होने से पहले ही फट जाते हैं। खैर, उसने मज़बूती से पेट पर बेल्ट बाँध रखी थी, जिससे उसका पैंट सिकुड़ कर ऊपर पहुँच गया था। बालों में सरसों का इतना तेल लगा लिया था कि उसके बाल दूर से ही चमक रहे थे। आँखों में खूब सारा काजल लगाने के बावजूद वह खुद को अजय देवगन से कम नहीं समझ रहा था।

आशिक के पापा उसके लिए जीन्स और शर्ट लाये थे। उसका भी ठीक वही हाल था जो गदहा का था। आशिक ने भी पैंट ऊपर करके बेल्ट कस के पहनी हुई थी। जीन्स इतनी ढीली थी कि अगर कोई कपड़ा छू कर न देखे तो फ़ॉर्मल पैंट और जीन्स में कोई अंतर नहीं समझ आता। उसने आँखों में काजल लगाने से मना कर दिया था। बल्कि चेहरे पर खूब पाउडर पोत लिया था। पाउडर पोतने से उसे ऐसा लगता था जैसे वह बहुत गोरा हो गया है, ठीक गोविंदा की तरह।

पोस्टमैन ने आज अपना पुराना पैंट-शर्ट निकाला था, उसे सुबह ही धोया

गया और शाम को कोयला डालकर किसी तरह इस्तरी करके आया था। वह यह बताने से कतई नहीं चूका कि उसने इस शादी में आने के लिए कितनी मेहनत की है। वह भी खुद को सन्नी देओल से कम थोड़े समझ रहा था।

खबरीलाल अभी तक आये नहीं थे। शायद गाँव की दो-तीन जगह की व्यवस्था देखने गए हों। जहाँ पर बढ़िया भोजन की व्यवस्था होगी, वे वहीं पर खायेंगे।

खैर, आज आशिक महाराज के पास समय कहाँ था। वह यहाँ-वहाँ कूद-कूद कर घूम रहे थे और बाकी तीनों उसके पीछे चल रहे थे। आशिक महाराज की ठीक वैसी ही स्थिति थी जैसी मोदी राज में मोटा भाई की है। कुल मिलाकर आज के नेता पोस्टमैन या खबरीलाल नहीं, बल्कि आज की शाम आशिक के नाम थी। उसके पीछे का सबसे बड़ा कारण ठंडे की एक बोतल थी।

कुछ ही देर में खबरीलाल पधारे। हाँफते हुए आते ही अपना ढीला-ढाला पैंट ऊपर सरकाया और झूठ-मूठ बोले, ‘‘जानत हो आज तेवारी के यहाँ भी नेउता रहे। बाबू बोले रहे कि हुआँ चले जाओ। पर हम सोचा अपने दोस्त की बहिनी की शादी है, हम तो वहीं जैबे।’’ पर असल बात थी कि वे वहाँ की व्यवस्था देखकर आए थे।

‘‘हाँ हमरो नेउता रहे, पर हम सोचे यहाँ ठंडा मिली, इसलिए आ गये,’’ जैसे नाम गदहा, वैसे उनका काम। शठ के साथ शठता का व्यवहार करने की बजाय सच उगल दिया, वहीं खा गए गच्चा और पा गए खाए भर का।

खबरीलाल और पोस्टमैन ने एक-दूसरे की तरफ़ देखा तथा आँखों-आँखों में बातें होतीं, इससे पहले ही पोस्टमैन ने पूरा शो जीत लिया, ‘‘अबे ठंडा-वंडा कुछ नहीं, दोस्ती भी कौनो चीज़ होत है। तुम रहियो पूरे लबरा।’’

खबरीलाल ने भी अन्दर कुछ और बाहर कुछ बोलते हुए पोस्टमैन की हाँ में हाँ मिला दी। गदहा सच में अपने ऊपर पछताने लगा था। आखिर उसने ऐसा क्यों कह दिया। उसने नज़रें ऐसे झुका लीं जैसे वह अपनी बात पर शर्मिंदा हो गया हो। वह इस शर्मिंदगी को अपने शरीर के हर भाग से दिखा देना चाहता था। यहाँ तक कि मन में भी उसने सोच लिया था कि वास्तव में दोस्ती से बढ़कर ठंडा थोड़े ही होता है।

असल में ठंडे का मसला यह था कि आशिक ने पंद्रह दिन पहले ही बता दिया था कि उसकी बहिनी की शादी मा बारातिन के लिए ठंडा आई। खबरीलाल

ने कभी ठंडा नहीं पिया था। वह बहुत उत्साहित था। इससे पहले खबरीलाल पोस्टमैन और गदहा में बात हो चुकी थी।

एक ने कहा था, ''कबहू ठंडा नहीं पीया यार!! कैसन होत है?''

गदहा बोला था, ''भाई नीक तो रहत है पर गर छीलत है।''

अब जो लड़का ठंडा पी लेता था, भले ही उसका गला खूब छिलता हो, उसका भौकाल उतना ही बढ़ जाता था जितना आज के वक्त में स्टाइल मार के बाइक चलाना। यह मौका एक बार फिर से पोस्टमैन ने नहीं छोड़ा, ''धत्त तेरी!! गदहा रहियो! हम एक बार अपने रिश्तेदारी की बरात में गए रहे। वहाँ ठंडा मिला रहा। हम कई बोतल पी गए रहे। जानत हो जेत्ता गर छीलत है, ओत्ता मज़ा आवत है।''

अब खबरीलाल ने पोस्टमैन की बात मान ली थी, एक बार फिर गदहा 'गधा' साबित हुआ था और पोस्टमैन मोहल्ले का ड्यूड!

खैर, फिर से वापस शादी में लौटते हैं। पाण्डेय साहब जो रसगुल्ला खा रहे थे तभी खबरीलाल को आवाज़ सुनाई दी, ''देखो, या कुकुर भोज आए। बैठ के खाने की बात ही कुछ दूसर होत है।''

शर्मा साहब भी बोल उठे, ''बिलकुल सही कहा, कुकुर भोज है। बफ़े कराया है ऊपर से रसगुल्ला के सामने एक लड़का खड़ा किये हो। वह लड़का इतना दुष्ट कि एक से जादा देत नहीं आए। का फ़ायदा है ऐसे कुकुर भोज का।''

यह बात खबरीलाल को सही लगी, वह चाह रहा था कि बस उसे ठंडा पीने को मिल जाए, वह गंगा नहा लेगा। उसके बाद वह तिवारी जी के यहाँ पर जाएगा और बैठ के खाना खाएगा। आखिर वहाँ पर दो-दो रसगुल्ले दिए जा रहे थे।

बातचीत के दौरान लुंगी और शर्ट पहने हुए एक ग्यारह-बारह बरस का लड़का दिखा। शर्ट और लुंगी इतनी गन्दी हो गई थी कि समझ ही नहीं आ रहा था कि उनका रंग क्या है? उसने हाथ में प्लेट ले रखी थी। खाने जा रहा था। उसका पहनावा देख पोस्टमैन ने खबरीलाल और गदहा से उसकी तरफ़ मज़ाकिया ढंग से इशारा किया। अभी उन्होंने हँसना शुरू ही किया था कि उसी लड़के को किसी ने पीछे से एक कंटाप जड़ दिया।

''ननगे होत्ते हसिवगिड़े ऊटा मड़ोके बिड़ी,'' वह गिड़गिड़ाते हुए कुछ भी बक रहा था।

''क्या बोल रहा है?'' इस बार उस व्यक्ति ने बहुत तेज़ आवाज़ में कहा।

‘‘ननगे होत्ते हसिवगिड़े ऊटा मड़ोके बिड़ी,’’ कौर मुँह में डालते हुए वह बड़बड़ाया, जो किसी की समझ में नहीं आ रहा था।

उस व्यक्ति को उसकी कोई बात नहीं समझ आ रही थी। तभी उसके पीछे से एक लात पड़ी। प्लेट दूर जाकर गिरी, उसने मुँह में जो निवाला डाला था वह जस-का-तस मुँह से बाहर आ गया। कहते हैं कि दाने-दाने पर लिखा है खाने वाले का नाम। ठीक उसी तरह उसके साथ उसका निवाला भी जस का तस ज़मीन पर जा गिरा। उसके पास इतनी ताकत नहीं थी कि वह उठ खड़ा हो। उसके ऊपर लात-घूंसे बरसने लगे। उसकी बाँह पकड़कर उसे बाहर कर दिया गया। वह वहीं पर बेहोश होकर गिर पड़ा। उसकी लगभग मरइयाँ (मरियल) हालत हो गयी थी।

‘‘इन सालों को लगता है कि मुफ़्त का खाना है खा लो,’’ एक व्यक्ति चिल्ला रहा था, ‘‘ऐसे दस लोग आ जाएँ और अगर बारातियों को कम पड़ जाएगा तब? का इज़्ज़त रहि जाई हम सब की? आ जाते हैं मुँह उठा के यहाँ पर।’’

इस बीच पोस्टमैन और खबरीलाल के हाथ-पैर फड़कने लगे थे। उन्हें ऐसा लग रहा था कि लगे हाथ बहती गंगा में हाथ वे भी धो लें और दो-चार लात रसीद कर दें। पर बड़े बुज़ुर्गों के आगे उन्होंने चुपचाप दूर से ही इस दृश्य को देखना बेहतर समझा। अब तक उन तीनों बच्चों को भी पता चल गया था कि भोजन तो निमंत्रण प्राप्त करने वाले लोगों को ही खाना चाहिए। जो बिना निमंत्रण के चले आये उनका यही हाल होना चाहिए। आखिर बच्चे जो देखते हैं वही समझते हैं। यह लड़का कोई और नहीं ‘पागल है’ ही था जिसे पहली बार इस अंदाज़ में पोस्टमैन एंड कंपनी ने देखा था।

खैर, यह बात हो गयी थी और माहौल थोड़ा गर्म हो चुका था। लेकिन खबरीलाल का दिमाग अपने लक्ष्य पर ही टिका हुआ था। इंतज़ार की इन्तेहाँ हो रही थी। वह बस इसी इंतज़ार में था कि जल्दी ठंडा मिले और वह पीकर तिवारी जी के यहाँ निकल जाए।

जब उससे रहा नहीं गया तो उसने गदहा से यह कहा कि वह आशिक से ठंडे के बारे में पूछे। आखिर गदहा ने आशिक से पूछ ही लिया, ‘‘भाई, पंद्रह दिन से लटकाए पड़े हो कि शादी में ठंडा का इंतज़ाम है। ठंडा का इंतज़ाम है। ठंडा पिलाओगे?’’

‘‘हाँ बे रुको! ठंडा थोड़े कम आए हैं। पहले बाराती पी लें। उसके बाद

बचेगा तो तुम्हें पिलायेंगे।''

अब पोस्टमैन से भी रहा न गया, उसने भी अपना स्टेटमेंट दे दिया, ''का थोड़ी देर रुकें, पन्दा (पंद्रह) दिन से लटकाए पड़े हो, शाम से तुम्हरे आगे-पीछे कुत्तन जैसे छुछुआ रहे हैं। तुम हमें टरका दे रहे हो हर बार। साला, ठंडा न हो गयी बीरबल की खिचड़ी हो गयी।''

''बस-बस रुको!! मैं पता करके बताता हूँ,'' आशिक ने वक्त का तकाज़ा समझा और भाग खड़ा हुआ।

खैर, वे तीनों इंतज़ार करते रह गए। न बारातियों से ठंडा बचा और न उन्हें पीने को मिला। सबसे अधिक गुस्सा खबरीलाल और पोस्टमैन को आया था। एक तो खड़े-खड़े खाना खाना पड़ा और ऊपर से ठंडा भी नहीं मिला। पंद्रह दिन से वह ठंडे का इंतज़ार कर रहे थे और आज ऐन वक्त पर उन्हें बाबा जी का ठुल्लू नसीब हुआ था। वहीं गदहा अब दोस्ती निभा रहा था। उसके लिए कहीं भी ठंडा से फ़र्क नहीं पड़ रहा था। उसे दोस्तों से सबक मिला था कि दोस्ती से बढ़कर कोई चीज़ नहीं होती है।

दूसरी तरफ़, सुबह लोगों को पता चला कि एक पागल कल पंडाल में घुस आया था और उसे मारकर भगाया गया। फिर किसी व्यक्ति ने उन सब को यह भी बताया कि उसने मुखिया जी को उस लड़के के साथ जाते हुए देखा था। शायद मुखिया जी उसे अपने घर ले गए।

## 'पागल है' का सच

यह वही साल था जब भारत में इन्टरनेट ने अपने कदम रखे थे। भारत पूरे विश्व के साथ कदम-से-कदम मिलाकर चलने के लिए तैयार था। पर यह बात सिर्फ़ गिने-चुने बड़े शहरों तक ही सीमित थी। अभी भी इन्टरनेट, टीवी तो छोड़ ही दीजिए, देश के पंचानवे प्रतिशत गाँवों में ढंग से बिजली तक नहीं पहुँची थी। उत्तर भारत के हिन्दू बाहुल्य गाँव में किसी बड़े बुज़ुर्ग को यह स्वीकारने में भी कठिनाई होती थी कि मांस-मछली मुसलमान के अलावा भी काफ़ी लोग खाते हैं। वे ऐसे लोगों को ओछी नज़रों से देखते थे। उन्हें इस बात की कतई जानकारी नहीं थी कि शाकाहारी भोजन करने वाले दुनिया की आबादी का सिर्फ़ 10 प्रतिशत लोग हैं, उन कम लोगों में से वे भी एक हैं। और दुनिया में इतनी विविधता होने के बावजूद, वह अपनी इसी छोटी सी सोच को संपूर्ण दुनिया

मान चुके हैं। इस अनभिज्ञता के पीछे कारण अशिक्षा तो थी ही थी, साथ-ही-साथ गाँव के लोगों का दूर-दूर तक भारत के किसी कोने से संपर्क न होना भी था। बस-टेम्पो तक की ढंग से व्यवस्था नहीं थी। बीस से पच्चीस किलोमीटर दूर कस्बे तक जाने से पहले आदमी दस बार सोचता था और सौ किलोमीटर दूर शहर जाने के लिए एक महीने पहले से इंतज़ाम करना पड़ता था। पोटली में सेतुआ पिसान बाँध कर निकलना पड़ता था। उस वक्त शायद ही लोगों को आभास हुआ हो कि इस वर्ष एक ऐसी चीज़ की स्थापना हुई है जिसका नाम इन्टरनेट है। आने वाले वक्त में वह दुनिया बदल कर रख देगा। दुनिया के इस कोने में बैठे व्यक्ति का संपर्क दो मिनट में दूसरे कोने में हो जाएगा। दुनिया की एक कोने की खबर एक मिनट के अन्दर दुनिया के हर कोने में बैठे व्यक्ति को प्राप्त हो जायेगी। शहर और गाँव के बीच कोई दूरी नहीं बचेगी। सब एक-दूसरे से जुड़ जाएँगे। बटन के एक क्लिक पर हर चीज़ की होम डिलीवरी हो जाया करेगी, ऐसा शायद ही उन बुज़ुर्गों ने उस वक्त सोचा हो।

उस वक्त गाँव के एक-दो घरों में ही टीवी हुआ करता था, जिसमें सिर्फ़ दूरदर्शन आया करता था... टीवी देखने के लिए उन लोगों के यहाँ मेला सा लगा करता था। टीवी भी ऐसी जगह रखा जाता था जिससे भीड़ घर के अन्दर तक प्रवेश न कर जाये, बाहर वाले कमरे से ही देखकर सब लोग निकल जाएँ। टीवी रखना अपने आप में एक सम्मान का विषय हुआ करता था। कुल मिलाकर गाँव के लोग पूरी तरह से कुएँ के मेंढक जैसे थे। ऐसी हालत सिर्फ़ एक गाँव की नहीं थी बल्कि अधिकतर गाँवों में ऐसी ही स्थिति थी। यहाँ तक कि उत्तर भारत के गाँवों के अधिकांश लोगों को जानकारी ही नहीं थी कि भारत में बाईस से ज़्यादा भाषाएँ बोली जाती हैं। उन्हें तो बस यही लगता था कि भारत में सिर्फ़ हिन्दी बोली जाती है और पढ़े-लिखे लोगों को अंग्रेज़ी आती है। उनके मस्तिष्क में यह बैठ गया था कि हिन्दी हम भारतीयों की भाषा है और जो लड़का होनहार एवं पढ़ने-लिखने में होशियार होता है उसे अंग्रेज़ी भाषा भी आती है। गाँव में कोई लड़का टूटी-फूटी अंग्रेज़ी बोल दे तो उसे गाँव की आन-बान-शान मान लिया जाता था।

वहीं दूसरी तरफ़ इस अनभिज्ञता के कारण एक लड़का अपने अस्तित्व को ही भूल चुका था। जब उस लड़के की आँखें खुलीं तो वह हैरान था कि वह कहाँ पर है। यह उसके लिए बिलकुल नयी जगह थी। वह अपने दिमाग के

सभी मानचित्रों को देख लेना चाहता था लेकिन जब से उसकी समझ विकसित हुई थी, तब से ऐसी जगह उसने कभी नहीं देखी थी।

वह था कौन? कहाँ से आया था? क्या करने वाला है वह? क्या ऐसा कुछ उसके साथ घटित होने वाला है जिसकी कल्पना उसने स्वप्न में भी न की होगी? इन सबका उत्तर तो समय देगा लेकिन उसकी एक पहचान बन गयी थी—'पागल है'। अब आइये आप सभी को ले चलता हूँ नवाबगंज! जी हाँ नवाबगंज, जब 'पागल है' ने पहली दफ़ा नवाबगंज में कदम रखे थे।

कैसी शाम थी वह? ज़रूर ही कोई मनहूस मंज़र रहा होगा। मनहूस मंज़र ज़रूरी नहीं कि दिखाई पड़े। वह किसी खास व्यक्ति को महसूस होता है। किसी का अपना अब बेगाना हो गया था। वह जब होश में आया तो उसने खुद को सड़क के किनारे पेड़ के नीचे पड़ा पाया था जहाँ से दूर-दूर तक सिर्फ़ खेत ही दिखाई पड़ रहे थे। कुछ देर होश संभालने में लगे फिर जब अपने ऊपर नियंत्रण पा लिया तो उसने गौर से जगह को देखने की कोशिश की। पर सब कुछ धुंधला-धुंधला सा... अस्पष्ट आकृतियाँ, जब कुछ देर बाद स्पष्ट होने लगीं तो जैसे उसके नीचे से ज़मीन खिसक गयी। कौन सी जगह थी यह? कहाँ ओझल हो गये थे, वे सारे दृश्य जो हकीकत में उसके सामने हुआ करते थे। उसे समझ ही नहीं आ रहा था कि एकाएक वह कहाँ आ गया था? खाली पड़े खेत में बैठा हुआ मिट्टी को घूरे जा रहा था। जितनी दूर तक उसकी नज़र जाती थी, उसे सिर्फ़ खाली पड़े खेत ही दिखाई पड़ रहे थे। सभी खेतों को बीच से दो फांक में चीरती हुई एक सड़क जा रही थी। जो अभी-अभी डामर से बनाई हुई लग रही थी। जिसे आस-पास के लोग डामर वाली सड़क के नाम से जानते थे। जिस पर दूर तक न कोई आता हुआ दिखाई दे रहा था न जाता हुआ। उसे बड़ी जोर की भूख और प्यास लगने लगी थी। उसे पता ही नहीं था कि उसे अपनी मिट्टी से जुदा हुए कितने दिन हुए थे? अब वह चल पाने में भी असमर्थ महसूस कर रहा था। उसके होंठ सूखे जा रहे थे। सांवले और दुबले-पतले शरीर पर उसने शर्ट और लुंगी डाल रखी थी। दो दिन से भूखा होने के कारण उसका शरीर क्षीण हो चुका था। उसके मन में रह-रहकर यही प्रश्न उठ रहा था कि काश वह मेले में न गया होता? फिर अगला प्रश्न उठा था उसके चाचा भी किसी काम के सिलसिले में कुछ दिन पहले परदेश गए थे। चाचा ही तो थे जिनसे वह पैसे माँगता था। चाचा ही तो उसे खूब प्यार करते थे। फिर चाचा ने ही ऐसा क्यों

किया ? उसे याद आया कि चाचा के परदेश जाने की वजह से उसने अपनी माँ से पैसे माँगे थे। वह अपने दोस्तों संग अपने गाँव से थोड़ी दूर मेला देखने गया हुआ था और मेले में दोस्तों से पीछे छूट गया था। पता नहीं, उस वक्त पीछे से उसके चाचा कैसे आ गए थे ? वह तो बाहर गए हुए थे। खैर, वह अपने चाचा को देखकर बहुत खुश हो गया था। चाचा उसे एक गाड़ी में बिठाकर एक ढाबे पर ले गए, जहाँ पर ढेर सारे ट्रक खड़े हुए थे। उसके चाचा ने उसे स्वादिष्ट इडली-वड़ा खिलाया और फिर उसे कुछ भी याद नहीं। वह बेहोश हो गया था। जब अंततः उसकी नींद खुली तो वह इन्हीं खेतों के बीच में पड़ा हुआ था। उसे दिमाग में रह-रहकर यह प्रश्न उठ रहा था कि उसके चाचा ने उसे किस गर्त में धकेल दिया ? आखिर उन्होंने ऐसा क्यों किया ?

मन में एक तरफ़ प्रश्न उठ रहे थे और दूसरी तरफ़ शारीरिक ज़रूरतें दबाव डाल रही थीं। भूख-प्यास के कारण गला सूख गया था। सर में चक्कर जैसा कुछ आ रहा था। कुल मिलाकर वह घोर निराशा में डूबता जा रहा था। फूट-फूटकर रो लेना चाहता था। पर टूटने से पहले ही उसे आशा की किरण दिखाई पड़ी, डूबते हुए को तिनके का सहारा मिल गया था। उसने देखा कि सड़क पर एक व्यक्ति गाय-भैंस चरा कर वापस आ रहा है। उसने हिम्मत जुटाई, उठ खड़ा हुआ। गिरता-पड़ता किसी तरह उस दाढ़ी वाले आदमी के पास पहुँचा। वह आदमी सर पर अंगोछे का साफ़ा बाँधे हुए था। हाथ में लाठी पकड़े हुए गाय-भैंसों को सड़क के किनारे-किनारे हाँकता हुआ चल रहा था। हाँफते हुए उसके पास पहुँच कर उसने उससे प्रश्न किया, ''इधु यावा उरू ?''

''का बक रहे हो ?'' वह प्रौढ़ आँखें तरेरते हुए पूछने लगा।

''येनु ?'' उस लड़के के भी समझ नहीं आया आखिर वह प्रौढ़ क्या बोल रहा है।

''का कहना चाह रहे हो ? ज़्यादा बकैती मत करो,'' उस आदमी को गाँव के लौंडों के बारे में अच्छी तरह से पता था कि मौका पाते ही बुड्ढों के ऊपर चढ़ बैठते हैं। इससे पहले कि कुछ देर हो, उन्होंने सख्त रुख अपना लिया था।

''नानिगे एनु अर्था अगथा इल्ला,'' लड़का बोले जा रहा था।

''ज़्यादा फ़ारसी न बोल!! सही से बोल,'' उस लड़के को यूँ ही कुछ बड़बड़ाते हुए वापस जाते हुए देख उस बुढ़ऊ व्यक्ति के मुँह से निकला। गाँव में फ़ारसी उस भाषा के लिए प्रयोग किया जाता था जो अबूझ हो। कोई बात

जो किसी को समझ न आए, ऐसा माना जाता है कि वह फ़ारसी भाषा का ही शब्द होगा।

लड़के को समझ ही नहीं रहा था कि उसके साथ क्या हो रहा है। वह प्रौढ़ नाराज़ मुद्रा में क्या कह रहा था। उसकी बात तो समझ ही नहीं आ रही थी। उन बुढ़ऊ के हाथ में लाठी और उनका क्रोधित चेहरा देखकर वह उनसे दूर रहना ही बेहतर समझ रहा था, ''सॉरी होगी नीवू।''

''तोहार महतारी बाप, बोलब नहीं सिखाएं का?''

वह निराश होकर फिर से वहीं ज़मीन पर बैठ गया था। होंठ और गला सूख गया था, आँखों में अनकही पीड़ा तैरने लगी। अपनी जीभ से उसने अपने होंठों को गीला करने की कोशिश की। हताशा में ऐसा लग रहा था जैसे वह किसी दूसरे ग्रह में पहुँच गया हो, जहाँ उसे पानी और स्नेह के दो बोल मिलने की भी उम्मीद नज़र नहीं आ रही थी। उसे याद आ रहा था कि अभी दो दिन पहले किस तरह वह अपने दोस्तों के साथ मेला देखने गया था। मेला जाने से पहले उसने अपने अम्मा-बाबू से पैसे लेने के लिए कितना झगड़ा किया था। तब उसे नहीं पता था कि दो दिन बाद उसकी ऐसी हालत हो जायेगी। वह सोच ही रहा था तभी उसे एक साइकिल सवार आता हुआ दिखाई दिया। फिर से वही बातें, वही अंदाज़। किसी को कुछ समझ ही नहीं आया था। लड़का निराश होकर फिर वापस आ गया था।

उसे ज़ोरों की भूख लगी थी। वह खाए तो क्या खाए। दूर-दूर तक न कोई शहर और न गाँव नज़र आ रहा था। रात होने वाली थी। तभी उसे याद आया कि उसके नाराज़ होने के बाद उसके बाबू उसके लिए मिठाई लेकर आये थे और उसने नाराज़गी में वह मिठाई फेंक दी थी। उस वक्त उसे कहाँ पता था कि ऐसा समय आएगा जब उसे पीने के लिए पानी और खाने के लिए भोजन तक भी नसीब नहीं होगा...! यह सब सोच के उसे भारी पछतावा हो रहा था... वह हाथ जोड़कर ईश्वर से माफ़ी माँगना चाहता था कि वह ऐसी गलती दोबारा नहीं करेगा। वह किसी तरह फिर से उस वक्त में चला जाना चाहता था और सब कुछ सुधार देना चाहता था। तभी उस खामोशी को चीरते हुए किसी जीप के आने की आवाज़ सुनाई पड़ी। उसने सड़क की तरफ़ देखा तो सच में दूर से एक जीप आ रही थी। पल भर के लिए उसकी सूजी हुई आँखों में चमक आ गयी। लेकिन जितनी तेज़ी से चमक आई थी उतनी ही तेज़ी से निराशा ने घेर

लिया था, उसे याद आया कि उसे यहाँ कोई नहीं समझ पा रहा था। फिर भी वह कोशिश करने के लिए सड़क किनारे पहुँच गया। शायद वह इस बात पर अमल कर रहा था—कोशिश करने वालों की हार नहीं होती। उसने जीप को दूर से हाथ दिया। जीप एक ड्राइवर चला रहा था, आगे बन्दूक लिए करीब तीस साल का व्यक्ति बैठा हुआ था। और पीछे सफ़ेद कुर्ता-पाजामा पहने हुए कोई प्रौढ़ बैठे हुए थे। गाड़ी के डेक में गाना बज रहा था, ''ये काली काली आँखें, ये गोरे गोरे गाल...''

जीप रुकते ही कुर्ता-पाजामा वाले व्यक्ति ने पूछ लिया, ''तुम कौन हो? पहली बार देख रहे हैं?''

''बायारिके आगिड़े,'' लड़के ने जवाब दिया।

''क्या बोल रहा है?'' बन्दूक वाले व्यक्ति ने टोका।

''बायारिके आगिड़े,'' उसने फिर से वही जवाब दिया।

इस बार पीछे बैठे मुखिया जी ने कान आगे कर दिए। पर कान बढ़ाने से भी उनकी समझ में कुछ नहीं आया था। उनके मुख से अचानक निकला, ''पागल है का?''

उसे पहली बार 'पागल है' नाम सुनाई पड़ा था। उसे क्या पता था यह सिर्फ़ शब्द ही नहीं, बल्कि आगे आने वाले कई वर्षों तक उसका नाम होने वाला था। किसी भी व्यक्ति द्वारा कही जा रही कोई भी बात उसे समझ ही नहीं आ रही थी। उसके शरीर को पानी की ज़रूरत थी। तभी उसे याद आया। एक बार उसके घर के पास एक गूंगा पानी माँगने के लिए आया था। उसने हाथ से मुँह की तरफ़ पीने के लहज़े में इशारा किया और खाने के लिए खाने की तरह इशारा किया था, तो उसकी माँ ने तुरंत खाना और पानी दे दिया था। उसने तुरंत उसी तरह अपने हाथों से पीने और खाने का इशारा किया।

''भूख लगी है?'' बन्दूक वाले व्यक्ति ने पूछा।

लड़के की समझ में कुछ नहीं आ रहा था। वह बार-बार वही इशारा कर रहा था। मुखिया ने तुरंत उस बन्दूक वाले व्यक्ति से कहा, ''लल्लन तू पीछे आ जा। इसे आगे बैठा ले। घर पहुँचकर इसे कुछ खाना दे देंगे।''

लल्लन तुरंत पीछे बैठ गया और उस लड़के को उसने आगे बैठने का इशारा कर दिया। उस लड़के ने भी सीट पर बैठने में कोई देर नहीं की। रात इन खेतों के बीच भूखे-प्यासे गुज़ारने से बेहतर था कि उन लोगों के साथ ही चला जाए।

वह आगे वाली सीट पर बैठ गया था। मुखिया साहब ने सवाल किया, ''तुम इस गाँव के तो हो नहीं? कहाँ के रहने वाले हो?''

उसने पहले तो कुछ जवाब नहीं दिया, लेकिन जब ज़ोर देकर पूछा गया तो उसने बस कुछ कहा, जो न मुखिया जी को समझ आया न उनके गार्ड को। अब दोनों ने मान लिया था कि लड़के का दिमाग एकदम खराब ही है जो राह भटककर यहाँ तक आ गया है। दोनों क्या? ड्राइवर सहित तीनों ने। उसी वर्ष बॉम्बे का नामकरण मुंबई किया गया था और इधर उस लड़के का नामकरण 'पागल है' हो गया।

ज्यों-ज्यों वह गाँव के नज़दीक आता गया वैसे-वैसे उसे बिलकुल अलग तरह का गाँव दिख रहा था। जहाँ पर दुकानों के ऊपर लिखी कोई भी बात समझ नहीं आ रही थी। वह भौंचक निगाहों से देख रहा था। उसे उम्मीद से अधिक गोरे लोग दिखाई पड़ रहे थे। यहाँ पर बहुत कम लोग धोती पहने हुए थे। कोई कुर्ता-पाजामा, कोई पैंट-शर्ट और एक आध बुड्ढे लोग धोती-कुर्ते में दिखाई पड़े। सबसे बड़ी बात यह कि उन लोगों के मुँह से निकलने वाला एक भी शब्द उसके पल्ले नहीं पड़ रहा था। यह गाँव अब तक उसके देखे गाँवों से बिलकुल अलग था। ऐसे गाँव की कल तक उसने कल्पना भी नहीं की थी।

किसी तरह वह मुखिया जी के बड़े अहाते में पहुँचा। उसे गेट के बगल में नीचे बैठने की हिदायत इशारे से दे दी गयी थी। वह सुबकता हुआ वहीं बैठ गया। उसे ज़ोर की प्यास लगी थी, उसे पानी पिलाया गया। उसे भूख भी लगी थी, उसके सामने एक थाली में दोपहर की ठंडी दाल और रोटी रख दी गयी। पर उसे तो चावल अच्छा लगता था। वह तुरंत उस दौर में पहुँच गया, जब उसकी माँ कंगन की खनखनाती आवाज़ वाले हाथों से उसके कहने पर उसके पसंदीदा चावल और इमलीवाली दाल बनाया करती थी। यहाँ पर दाल का स्वाद भी एकदम अलग था। उसे अपनी दाल का खट्टापन वाला स्वाद नहीं मिल रहा था। पर भूख का स्वाद से कोई लेना-देना नहीं होता। भूख तो जाने क्या-क्या खा जाती है, यह तो दाल-रोटी ही थी। भूखा क्या न करता! वह भी किसी तरह खा गया। वह जाए भी तो कहाँ जाए, अहाते के बाहर बँधी भैंस और गाय के पास एक दरी पड़ी हुई थी, वह वहीं पर बैठ गया। कुछ देर बाद उसी पर लेट गया। अभी तीन रात पहले ही तो उसकी मम्मी ने उसके सोने से पहले उसकी चारपाई पर मच्छरदानी लगा दी थी ताकि उसे मच्छर न काटें। लेकिन आज वह भैंस और

गाय के नज़दीक सो रहा था। सोने के लिए उसके पास ढंग का बिस्तर तक न था। उसको इतने मच्छर काट रहे थे कि वह लेटा हुआ सिर्फ़ तारे गिन रहा था और अपने माँ–बाबू को याद कर रहा था।

उसके मन में दो ही विचार चल रहे थे पहला कि वह किस तरह यहाँ से बाहर निकले? वह जाएगा भी तो किधर जाएगा? उसे न रास्ता पता है, न कोई उसकी बात समझता है। वह पूछे भी तो किस से। वह रोये जा रहा था। अब ग्यारह साल का बच्चा कर भी क्या सकता था। वह ऐसे चक्रव्यूह में फँस गया था जहाँ से निकलने का मार्ग नहीं दिख रहा था। दूसरा प्रश्न यह कि आखिर उसके चाचा ने उसके साथ ऐसा क्यों किया? वह तो उसे बहुत प्यार करते थे। यहाँ तक कि उसके पापा भी उनसे बहुत प्यार करते थे। उसे याद आया कि तमिलनाडु–कर्नाटक बॉर्डर के नज़दीक कर्नाटक प्रान्त के उसके गाँव गोलाहल्ली के प्रधान कोई और नहीं बल्कि उसके पिता जी खुद थे। ठीक गाँव के प्रधान की तरह उनके बाबू जी भी बड़ी मूंछें और माथे पर चन्दन लगाकर लुंगी पहने हुए लठैती झाड़ा करते थे। उसे अपना पक्का घर याद आया। घर के आँगन में लगे मोगरा के पौधे याद आए जिनके फूल तोड़कर दो दिन पहले ही उसने अपनी माता जी को पूजा करने को दिये थे। घर के बाहर दो बड़े–बड़े नारियल के वृक्ष, जिनसे नारियल तोड़कर उसने हाल–फ़िलहाल ही नारियल का पानी पिया था। उसके एक ही तो चाचा थे, जो उसे सबसे अधिक प्यार करते थे। उसके चाचा हमेशा काला चश्मा पहना करते थे। काला चश्मा पहनने के पीछे उनका कारण कोई फ़ैशन नहीं था, बल्कि शायद शर्म थी। उनकी एक आँख कानी थी, जिस वजह से वह काला चश्मा लगाते थे ताकि जितने लोगों से हो सके उनकी असलियत छुप सके। असल में बचपन में उसके पापा के साथ गुल्ली–डंडा खेलते वक्त पापा की गुल्ली सीधा उसके चाचा की बायीं आँख में लगी और उनकी आँख फूट गयी। खैर, उस वक्त को बीते काफ़ी वर्ष हो गए। हर कोई भूल चुका था। यहाँ तक कि पापा और चाचा में काफ़ी घनिष्ठता और प्रेम था। चाचा पापा की बात काटते नहीं थे और पापा चाचा को एक बेटे की तरह दुलार देते थे। वे कहते थे कि उनका एक बेटा नहीं, बल्कि दो बेटे हैं। एक मैं और एक चाचा!!

जब मेरे चाचा और पापा में इतना प्यार था तो फिर चाचा ने ऐसा क्यों किया? वह यह सोचते हुए कब सो गया, उसे खुद पता नहीं चला।

## किस

एक बहुत ही रोचक किस्सा मुझे पोस्टमैन और गदहा का याद आ रहा है, इससे पहले कि मैं 'पागल है' की आगे की कहानी बताऊँ आपको यह किस्सा ज़रूर सुनाना चाहता हूँ। अब बच्चे बड़े होने लगे थे। अगर आशिक और खबरीलाल एक ही रफ़्तार में बढ़ रहे थे तो पोस्टमैन तिगुनी रफ़्तार में बढ़ रहा था तथा गदहा हमेशा की तरह आधी रफ़्तार से।

जैसा कि मैंने बताया पोस्टमैन लगभग तिगुनी रफ़्तार से ज्ञान हासिल कर रहा था और उसका अंग्रेज़ी का शब्दकोश बढ़ता जा रहा था। उसे नए-नए शब्दों का ज्ञान हासिल होने लगा था। अभी हाल ही में इति और कपूर के प्रेम पत्र में उसे 'किस' शब्द का अर्थ पता चला था। वैसे भी उस वक्त गाँव में 'किस' शब्द का ज्ञान होते-होते लड़का कक्षा दस में पहुँच जाता था, परन्तु पोस्टमैन कक्षा तीन में इस ज्ञान को अर्जित कर चुका था। अब वह अपने इस ज्ञान को परखना चाहता था। तभी उसकी निगाह गदहा पर पड़ी। जो चड्ढी-बनियान पहन के घर से बाहर आ रहा था। असल में आज ही उसने नयी चड्ढी-बनियान पहनी थी। सभी को अपने नए अंतर्वस्त्र दिखाने के लिए वह पूरे मोहल्ले में एक चक्कर लगा के आना चाहता था। जैसे ही वह पोस्टमैन के पास पहुँचा उसने तुरंत गदहा से प्रश्न दाग दिया, "अबे तुम प्राइवेट स्कूल मा पढ़त हो ना!! अगर एक शब्द का मतलब बता देव तो हम जानी!!"

गदहा को भी इतना सम्मान पहली बार मिला था कि पोस्टमैन उससे कोई सवाल पूछ रहा था और उससे जवाब की अपेक्षा भी कर रहा था। उसका सीना चौड़ा हो गया था और वह अपनी नई चड्ढी को ऊपर चढ़ाते हुए बोला, "हाँ पूछो!!" ऊपर चढ़ाने के पीछे यह भी कारण होगा कि शायद पोस्टमैन की नज़र उसके नए वस्त्रों पर पड़ जाए और उसका बाहर निकलना सार्थक हो जाए। पर पोस्टमैन अपने अर्ध ज्ञान में डूबा हुआ था, उसे कुछ भी दिखने वाला नहीं था।

"किस का मतलब पता है?"

"किसका मतलब?" गदहा अचकचा गया, उसे लगा कि पोस्टमैन उससे शब्दों की पहेलियाँ बुझा रहा है। ठीक उसी तरह जिस तरह यह पहेली है 'कौवा उड़ता आकाश में है मगर रहता कहाँ है?' "अबे!! पहेली बुझा रहे हो या मतलब पूछ रहे हो?"

"सरौऊ के!! तुम दुई कौड़ी के आदमी हो। तुम रहियो गदहा के गदहा!!

हम अंग्रेज़ी शब्द 'किस' की बात कर रहे हैं। केआईडबलएस—किस!!''

''किस? अच्छा तुम अंग्रेज़ी पोंक (बोलना) रहे हो,'' गदहा सोच में पड़ गया, उसने तो यह शब्द पहली बार सुना था। उसे अपनी हार सामने नज़र आ रही थी। वह पोस्टमैन को हमेशा की तरह फिर से अपना गुरु मान चुका था। उसने नयी चड्डी को जो ऊपर उठाया था, अब उसे थोड़ा नीचे सरका लिया था। अब बिलकुल एक शिष्य की भाँति उसके सामने ऐसा मुख बना लिया था जैसे अगर वह इसका अर्थ बता दे तो कृपा बरस जाए। ''भाई!! हमें नहीं पता तुम ही बता देव,'' अब नए वस्त्रों की उत्सुकता की जगह इस जवाब ने ले ली थी।

''ऐसे थोड़े ना बतायेंगे!! कुछ दान दक्षिणा देव हमें!'' भारतीय राजनीति का पूरा असर इस मोहल्ले पर भी पड़ा था। खबरीलाल और पोस्टमैन ठीक उस सरकारी नौकर की तरह हो गए थे जो बिना पैसे के धेला भर भी काम नहीं करते थे।

अब इसका मतलब तो गदहा को जानना ही था। ''चलो अब ही शाम के बरफ़वाला आई तो बरफ़ खिलाएंगे।''

परन्तु इतनी देर में पोस्टमैन को खुराफ़ात सूझ गयी थी। उसके मन में आया कि बरफ़ तो वह कपूर को भी ब्लैकमेल करके खा सकता है। उसने जवाब दिया, ''एक मौका तुम्हें और देते हैं!! जो मैडम तुम्हें अंग्रेज़ी पढ़ौती है ना!! उनसे पूछेव!! अगर कल तक पूछ के भी बता दियो तो हम तुम्हें जीता हुआ मानेंगे।''

अब गदहा की नज़रें उसे ऐसे देख रही थीं, मानो गुरु जी इतने दयालु हैं कि उन्होंने बरफ़ के परसाद तक का त्याग कर दिया तथा हमें एक और मौका दे दिया। सच में ऐसा गुरु कहाँ मिलेगा। वह मन-ही-मन गुरु को एक मौका देने के लिए नतमस्तक हुआ और मुस्कुराकर चल दिया।

अगले दिन गलती से वह प्रश्न उसने अपनी अध्यापिका से पूछ लिया। उसके बाद हश्र यह हुआ कि एक हफ़्ते तक के लिए गदहा और पोस्टमैन की बोलचाल बंद हो गयी।

## पीपल का पत्ता और विद्या माता

धन के मामले में अब तक गदहा ने यह सीख लिया था या फिर किसी पुस्तक में पढ़ लिया था कि आज तक कोई ऐसा अमीर नहीं हुआ जिसने लाखों का घाटा न खाया हो, पर ऐसे बहुत से गरीब हुए हैं जिन्होंने ज़िन्दगी में चवन्नी भी

नहीं खोई होगी।

वहीं आशिक ने अपने पिता जी के मुखमंडल से कई बार यह सुना था कि पूत कपूत तो का धन संचय, पूत सपूत तो का धन संचय। तो वह भी गदहा की भाँति पैसे खर्च करने में माहिर था। उसका भी पैसे बचाने में कतई दिमाग नहीं चलता था।

वहीं खबरीलाल इस बात पर अमल करता था कि उतने पैर पसारिए जितनी लम्बी चादर। उसने अपने चाचा से कई बार यह बात सुनी थी। जिस वजह से वह व्यर्थ में पैसा खर्च नहीं करता था।

जबकि पोस्टमैन ने इस पंक्ति को पेट के भीतरी कोने तक धारण कर लिया था—टपर के भोजन कर्तव्यं चाहे जी तव्यम चाहे मर्तव्यम। उसके जीवन का सबसे पहला उद्देश्य था कि किसी काम के बदले कुछ खाने-पीने को लेना। वह कोई काम करने से पहले कह दिया करता था, ''पहले पेट पूजा फिर काम दूजा।''

खैर, यहाँ-वहाँ टहलाने की बजाय अब आते हैं सीधी बात पर। आपको याद होगा कि बचपन में हमें जब भी किसी लड़की से मोहब्बत होती थी, वह मोहब्बत बहुत ही साफ़ और निर्मल हुआ करती थी। उसमें किसी भी तरह की कोई वासना लिप्त नहीं होती थी। सिर्फ़ प्रेम ही प्रेम हुआ करता था। मुझे याद है कि अपने ग्रुप में सबसे पहले प्रेम करने का खिताब अपने नाम के अनुसार आशिक को ही प्राप्त हुआ था। उस वक्त आशिक कक्षा तीन में पहुँच गए थे और गदहा कक्षा दो में। जैसा कि आपको पता है आशिक और गदहा प्राइवेट स्कूल में पढ़ते थे, पूरे गाँव में एक ही स्कूल था जहाँ पर बैठने के लिए कुर्सी और पुस्तक रखने के लिए मेज़ थी। पूरे गाँव में उस स्कूल को कुर्सी-मेज़ वाले स्कूल के नाम से जाना जाता था। पोस्टमैन और खबरीलाल अपने बैठने के लिए बोरा लेकर जाते थे। इसलिए गदहा और आशिक उसे बोरे वाला स्कूल कहते थे। जबकि खबरीलाल और पोस्टमैन का अलग मत था, वे कहते थे कि वह मिड-डे मील वाला स्कूल है, आखिर वहाँ पर खाने के लिए मुफ़्त में भोजन मिलता है। ऐसी सुविधा उनके प्राइवेट स्कूल में नहीं थी।

आशिक अपने कुर्सी की मेज़ वाले स्कूल में नयी किताबों की सुगंध के साथ जाने लगा था। उसकी कक्षा में एक लड़की आई थी। नाम था 'मयूरी'। वह दो साल शहर में पढ़कर वापस आई थी। उसके पापा शहर में प्राइवेट नौकरी करते थे, जब नौकरी से उन्हें निकाल दिया गया तो वह घर परिवार लेकर गाँव वापस

आ गये थे। शहर की पढ़ाई का नाम ही बहुत होता है। उसका हाल ठीक वैसा ही था जैसे अंधों के बीच काना राजा। वह कक्षा की सबसे होशियार लड़की थी।

आशिक के मन में अब यह तैरने लगा था कि यह लड़की बहुत पढ़ाकू है। मम्मी को पढ़ने वाले बच्चे बहुत पसंद आते हैं। मम्मी की इससे बहुत पटरी खाएगी। यह खूब पढ़ेगी और मम्मी का इससे कभी झगड़ा नहीं होगा। अब धीरे-धीरे वह मयूरी की तरफ़ आकर्षित होने लगे थे। वह बस तिरछी निगाह से मयूरी की तरफ़ देख लेते थे। पर मयूरी बेपरवाह थी, वह अब कक्षा की मॉनिटर बना दी गयी थी।

अब इस आग में घी डालने का काम मयूरी ने ही किया था। हुआ कुछ यूँ कि आशिक के स्कूल के पास ही पीपल का पेड़ था। उससे पतझड़ हो रही थी और लड़कियाँ इस बात की खुसुर-फुसुर कर रही थीं कि अगर कोई लड़का इस पीपल के पत्ते को बिना ज़मीन पर गिरे किसी लड़की को दे दे तथा वह अपनी किताब के अंदर रख ले तो विद्या माता की बहुत कृपा होती है।

अब कहें तो किससे, बोले तो बोले किससे? उन सभी लड़कियों में मयूरी ने थोड़ी हिम्मत जुटाई। आखिर वह शहर से पढ़कर आई थी। वह आशिक के पास जाकर पीछे से बोली, ''झंडी।''

इतनी कोमल आवाज़ सुनकर आशिक ने पलटकर देखा। उसे देखते ही आशिक के मन में वैसा ही गाना बजा होगा जैसे, ''तुझे देखा तो ये जाना सनम, प्यार होता है दीवाना सनम।''

इससे पहले कि मन के गाने से निकलकर वह अपनी चौंधियाई आँखों को थोड़ा संभाल पाते मयूरी ने आगे की बात बोल दी थी, ''सुनो! ये पत्ता बिना ज़मीन पर गिरे, उड़ते हुए ही पकड़ के मुझे दे दोगे?''

अब आशिक को ठीक वही फ़ीलिंग आ रही थी, जो वह फ़िल्मों में देखा करता था। उसके हाव-भाव में भी वही अंदाज़ आ गया था। रग-रग में हीरो दौड़ रहा था, उसका पसंदीदा हीरो गोविंदा! ठीक वैसे ही बटन खोलकर वह उड़ता हुआ पत्ता पकड़ने चल दिया। एक-दो कोशिशों के बाद जैसे ही उसने पत्ता पकड़ लिया तो मानो उसे ऐसा एहसास हुआ जैसे अपनी हीरोइन के कहने पर गोविंदा ढेर सारे पैसे कमाने निकल जाता है और कमाकर करोड़पति बनकर वापस आता है। वह भी जब मयूरी को पीपल का पत्ता दे रहा था तो वैसा ही महसूस कर रहा था। मयूरी उसकी भावनाओं को समझी या नहीं लेकिन

उसने अपनी शहराती झाड़ दी थी और अंग्रेज़ी में 'थैंक यू' बोलकर चल दी।

अब तो उसकी रातों का चैन उड़ने लगा था। उसके कानों में 'थैंक यू' गूँज रहा था। सोते जागते हुए बस उसके होंठों का 'थैंक यू' बोलने के लिए हिलना, दिखता था। वह इस बात से अधिक खुश था कि वह अंग्रेज़ी बोलती है। बहुत पढ़ाकू लड़की है। टेलर की दुलहिन की जगह अब मयूरी ने ले ली थी। फ़र्क इतना था कि मयूरी के लिए उसका प्रेम स्वच्छ और साफ़ था। बिलकुल पानी जैसा निर्मल, जिसमें गन्दी बात का कोई नामोनिशान नहीं था। इस प्रेम को आगे बढ़ना ही था।

## कौन है 'पागल है'?

आपको उस वक्त में ले चलता हूँ जब वह कर्नाटक प्रान्त का लड़का मुखिया जी के अहाते के बाहर भैंस और बैल के नज़दीक दरी बिछा के सो गया था। जब उसकी आँखें खुलीं तो उसके लिए बिलकुल ही अलग सुबह थी, उसकी नींद ऐसी जगह खुली थी जिसे उसने स्वप्न तक में कभी नहीं देखा था। लोग ऐसे थे जिनकी भाषा उसे समझ ही नहीं आती थी। वह जब भी बोलता हँसी का शिकार हो जाता। यहाँ तक कि लोगों के पहनावे से लेकर सब कुछ अलग था। सूर्य की रौशनी भी उसे अलग तरह से चुभती हुई महसूस हो रही थी। आँख खुलने के साथ इस तरह के विचार आने शुरू ही हुए थे तभी रही-सही कसर भैंस ने पूरी कर दी। उसने बगल में ही पेशाब कर दिया जिस वजह से उसके मुँह पर मानो सुबह के पानी के छीटें पड़ गये हों। बस उसे यह याद आना बाकी रह गया था कि जब वह देर से जगा करता था तो मम्मी भी ऐसे ही पानी के छीटें मारा करती थीं। पर आज वक्त ऐसा आ गया था कि माँ के पानी के छींटों का काम भैंस के पेशाब के छीटों ने किया। वक्त वक्त की बात है। आज का शेर कब गीदड़ बन जाए ये वक्त पर ही निर्भर करता है। खैर, उसे उठते हुए देर नहीं लगी। आँख मलते हुए खड़ा हुआ तो उसने देखा कि मोगरा के पौधे के चारों तरफ़ लाल फ्रॉक में एक लड़की अपने छोटे से भाई के साथ खेल रही है। यह देखते ही उसके मन में भी वही तस्वीरें ताज़ा हो आईं जब वह अपने घर में मोगरा के पौधे के चारों तरफ़ फूल तोड़ने के चक्कर में अपनी बहन के साथ पकड़म-पकड़ाई खेला करता था। उसे याद आया कि एक दिन ऐसे ही खेल-खेल में दौड़ते हुए वह गिर गया था तो उसके टखने में चोट लग गयी थी। उसकी इकलौती बहन

ने तुरंत बाबू को बताया था और वे बिना देर किए उसे दिखाने के लिए पास के डॉक्टर के यहाँ ले गए थे। वह अपनी यादों से बाहर निकला और हकीकत का सामना करने के लिए किसी तरह उठा। उसने ठान लिया था कि वह कोई-न-कोई रास्ता ज़रूर खोजेगा।

किसी तरह उसने अपनी लुंगी संभाली और चल पड़ा। थोड़ी दूर ही पहुँचा था तभी उसने देखा कि तीन-चार लड़के गेंद से खेल रहे थे।

वह उनके करीब पहुँचा और उन्हें थोड़ी दूर से निहारने लगा । वे लोग अपने खेल में मस्त थे। लड़का उन्हें एकटक देखने लगा। बच्चे तो ठहरे बच्चे ही। वह खेल देखने में इतना मगन हो गया कि जब हँसने का कोई मौका आता था तो मुस्कुराहट की एक हल्की-सी रेखा उसके रुआँसे चेहरे पर खिंच जाती थी। तब उसे देखकर कोई यह नहीं कह सकता था कि अपनों से बिछड़े हुए इस लड़के ने बीती रात कैसे गुज़ारी थी। उसकी तल्लीनता तब टूटी जब गेंद उसके दायें हाथ में लगी। भागता हुए एक छोटा-सा लड़का उसके पास पहुँचा और गेंद उठाते हुए उसने एकदम से पूछ लिया, "क्या तुम्हें भी खेलना है?"

उस लड़के को कुछ भी समझ नहीं आया था। उसने कुछ भी जवाब नहीं दिया। उसे चुप देख सामने वाले लड़के ने फिर से पूछा, "किसके यहाँ आये हो? तुम्हें पहली बार देख रहे हैं।"

उस लड़के को समझ नहीं आ रहा था कि इस दुनिया के लोग बोलते कैसे हैं। वह बोला, "नानू इल्लियावन अल्ला।"

"क्या?" सामने वाले बच्चे को उसकी आवाज़ सुनकर बहुत हँसी आई तो उसने फिर से पूछा।

"नन्ना सम्बंधिकरू नन्नान्नु इल्ली बित्तिद्दारे," जवाब का प्रश्न से कोई लेना-देना नहीं था। बस उसे अपनी बात रखनी थी।

इतना सुनते ही सामने वाला बच्चा खिलखिलाकर हँसने लगा। "सुनो बे भूप, अबे छुन्नी इसकी सुनो!! या पता नहीं का बोलत है।"

सभी अपना खेल छोड़कर उसके पास आ गये, "का हुआ! का हुआ।"

बार-बार! वह लड़का यही बोले जा रहा था, "नानू इल्लिंदा ओरगदे होग्बेकू, नन्ना सम्बंधिकरू नन्ना इल्ली बित्तिद्दरे।"

अब सभी लड़के हँसते हुए लोट-पोट हुए जा रहे थे। एक कह रहा था, "का भाई!! का बोकरादी कर रहे हो?"

दूसरा बोला, ''बोल रहे हो या हग रहे हो?''

तीसरा बोला, ''पागल है।''

एक बात तो है, दुनिया में आप कहीं भी रहो, हँसने और रोने का भाषा से कोई लेना-देना नहीं होता... । सामने वाले के अंदाज़ से ही पता चल जाता है कि सामने वाला व्यक्ति आप पर हँस रहा है या सहानुभूति दिखा रहा है। ठीक उसी तरह उस लड़के को भी पता चल गया कि ये लोग उस पर हँस रहे हैं। वह चुपचाप वहाँ से निकलने ही वाला था कि एक बच्चे ने फिर से बोल दिया, ''एक बार फिर से गाना गा दो।'' जिसे उसने सुनकर भी अनसुना कर दिया। आखिर उसे पता था कि उसकी भाषा को समझने के बजाय सिर्फ़ उपहास उड़ाया जाएगा। वह आगे बढ़ा जा रहा था। वह पलटकर देखना नहीं चाहता था। तभी पीछे से एक बच्चे ने उसकी पीठ पर गेंद मार दी। जो उसे ज़ोर की लगी। वह दर्द से कराह उठा। उसे बहुत ही गुस्सा आया और उसने गरियाते हुए एक पत्थर उठाया। जैसे ही पत्थर उठाया, तीनों बच्चे भाग खड़े हुए।

वह उन्हें गाली दिए जा रहा था। जब वे भाग गए तो वह फूट पड़ा, आँखों से आँसू की धारा बहने लगी। अपने लड़खड़ाते कदमों को किसी तरह संभालकर वह आगे बढ़ रहा था। उसे बिलकुल अभिमन्यु की तरह महसूस हो रहा था जो चक्रव्यूह में फँस गया था और जिससे बाहर निकलना उसके वश में नहीं था। न कोई वाहन था, न निकलने का रास्ता। न कोई उसे रास्ता बताने वाला था, न उसके पास रास्ता पूछने का उपाय। उसकी भाषा भी किसी की समझ में नहीं आ रही थी। एक तरफ़ उसके ही प्रांत की ऐश्वर्या राय ने कुछ महीने पहले ही विश्व सुंदरी का खिताब हासिल कर विश्व भर में पूरे भारत का नाम रोशन किया था और अपनी पहचान बनायी थी, वहीं दूसरी ओर उसी प्रान्त का एक लड़का अपने ही देश में अपनी पहचान खो चुका था।

ज़रा सोचकर देखिए लगभग ग्यारह बरस का एक बच्चा, जो माँ-बाप से बिछड़ गया हो उसकी मनःस्थिति कैसी होगी? उसकी तड़प और छटपटाहट कैसी होगी। रह-रह कर उसे अपने घर की याद आ रही थी। माँ के आँचल के स्पर्श की याद रह-रह कर उसके मन में टीस पैदा करती थी। कभी मेले में पाँच मिनट के लिए गुम हुए लड़के की हालत देखी है? किस तरह वह दौड़ता-भागता परेशान होता रहता है। वहाँ कम-से-कम उसकी भाषा समझने वाले लोग होते हैं और माँ-बाप बस कुछ मीटर की दूरी पर भटक रहे होते हैं। पर यहाँ पर तो

न उसे समझने वाले लोग थे और न ही उसे यह पता था कि वह किस दुनिया में आ गया है। ऐसी दुनिया जिसकी कहानी न उसकी दादी–नानी ने सुनाई थी न ही बचपन के उन सपनों में उसने कल्पना की थी। जितना ही वह सोचता था उतनी ही तेज़ी से उसकी आँखों से आँसू बहने लगते। लेकिन वह हिम्मत हारने वालों में से नहीं था। अब उसके पास एकमात्र चारा था कि वह अपने घर वापस लौट जाए। उसने ठान लिया था कि वह किसी तरह इस चक्रव्यूह से बाहर निकलेगा। पगडंडियों से गुज़रते हुए वह गाँव से दस बीघा दूर आया ही था कि उसे फिर से वही डामर वाली रोड दिखाई पड़ी। उसकी आँखों में चमक आ गई। कल इसी रास्ते से तो मुखिया जी उसे लेकर आए थे। पर उसे दिशा भ्रम हो गया था। वह कल उत्तर की तरफ़ से आया था या दक्षिण की तरफ़ से। आँखें बंद करके 'अक्कड़ बक्कड़ बाम्बे बो' की तरह एक दिशा निर्धारित की और वह उसी रास्ते में बढ़ चला। ठीक पिछली शाम की भाँति दूर तक कोई व्यक्ति नहीं दिखाई पड़ रहा था। मन में एक उम्मीद थी और आँखों में आँसू। पैर जवाब दे देते थे पर मन उन्हें प्रेरित करता रहता था। शरीर थक जाता था पर दिमाग थोड़ी देर बाद कोई रास्ता निकलेगा यही सोचकर आगे बढ़ता जा रहा था। जब बिलकुल ही उसके सामर्थ्य के साथ मन और दिमाग भी जवाब देने लगते तो वह किसी पेड़ की छाया में बैठ जाता। खुद को आगे बढ़ने के लिए प्रेरित करता। गर्मी की तेज़ लपट भी उसकी तीव्र इच्छा के सामने झुक गयी थी। उसके होंठों में प्यास के कारण पपड़ियाँ पड़ चुकी थीं, उन एक जोड़ी पैरों ने मन का विरोध कर होंठों की आवाज़ सुनकर पानी की तलाश में भटकना शुरू कर दिया था। कुछ वक्त के लिए अब घर जाने की सोच की जगह प्यास बुझाने की सोच ने ले ली थी। कभी सड़क पर चलता कभी सड़क से एक किलोमीटर, दो किलोमीटर दूर अन्दर आ जाता। फिर कुछ न दिखता तो सड़क की दूसरी ओर आ जाता। जब उधर भी प्यास बुझाने का कोई उपाय न मिलता तो फिर सड़क पर चलने लगता।

काफ़ी देर भटकने के बाद उसे दूर से ही एक तालाब दिखाई पड़ा। उसकी आँखों में चमक आ गई थी। वह भागता हुआ तालाब के पास पहुँचा। पानी बहुत कम बचा था, मटमैला पानी था बिलकुल गन्दा। ऐसा लगता था रोज़ शाम को यहाँ पर भैंसें लोटती हों। उसकी आँखों के सामने प्यास के कारण सब धुंधला दिख रहा था। बस पानी ही नज़र आ रहा था। वह उसी पानी को पीने जा रहा था। तभी उसे याद आया कि एक बार वह तालाब के पानी में नहा रहा था तो

उसके पापा ने उसे बहुत मारा और डाँटा था। साथ ही हिदायत दी थी कि आज के बाद वह उस पानी में न नहाए। उसके मन में यह ख़याल आया कि जब वह पानी इतना गन्दा होता है जिससे नहाया न जा सके तो पीना तो बहुत हानिकारक होता होगा। वह जो उस मटमैले और भैंस के लोटने से और गंदे हुए पानी को पीने जा रहा था, रुक गया। मन ने एक बार और हिम्मत करने की ठानी। 'हिम्मते मर्दां मददे खुदा' सोचकर वह साफ़ पानी की तलाश में आगे बढ़ गया। उसके पैरों ने जवाब दे दिया था। वह पास के ही पेड़ के नीचे गिर पड़ा। उसका गला ऐसा सूख गया था कि उसके मुँह से आवाज़ तक नहीं निकल पा रही थी। चलने की हिम्मत तो दूर की बात थी। उस तपती दोपहर में बिना चप्पल के चलना अपने पैरों को जलाना था और धूप में बाहर निकलना खुद को आग की लपट से तपाना था, उस तपती दोपहर में वह प्यास से लड़ रहा था। उसे चक्कर आ गया और वह वहीं गिर पड़ा। जब उसे होश आया तो दिन ढल चुका था। उसके शरीर का पानी इस गर्म दिन ने निचोड़ लिया था। अब तो उसके पास एक कदम बढ़ाने की भी हिम्मत नहीं रह गई थी। मरता क्या न करता? अब तो उसने यह निश्चय कर लिया था कि वह उसी तालाब में जाकर अपनी प्यास बुझाएगा। किसी तरह लुढ़कते, गिरते-पड़ते हुए वह तालाब के पास जा पहुँचा। और अपने चुल्लू से उस गंदे पानी को पीकर प्यास मिटाने लगा। प्यास तो प्यास होती है, चाहे वह पानी की हो या फिर हवस की। शरीर को जब प्यास लगी हो, तो उस वक्त वह सिर्फ़ अपनी ज़रूरत देखती है, इससे क्या फ़र्क पड़ता है वह गन्दा है या अच्छा। जब प्यास अपने चरम पर होती है तो वह आपसे कुछ भी करवा सकती है। इस मामले में भूख थोड़ा कम निर्दयी होती है। वह वक्त देती है पर एक वक्त के बाद वह भी अपना असली रूप दिखा ही देती है। आखिर वह है तो प्यास की बहन ही। पानी पीते ही तृप्त होकर वह वहीं पर लुढ़क गया। कुछ देर बाद अपने आप को नीम के पेड़ के नीचे घसीट ले गया। अब उसके कपड़ों में धूल ही धूल लग गयी थी। कपड़े बिलकुल गंदे हो चुके थे। पर उसे कपड़े गंदे या साफ़ से क्या फ़र्क पड़ता था। कभी खुद को मारता, च्यूँटी काटता। कहीं वह सपना तो नहीं देख रहा है? सपना नहीं यह तो नरक ही था, जहाँ पर वह आ फँसा था। उसे अपनी माँ, अपने पिता जी और अपनी बहन की रह-रह कर याद आ रही थी। पर उसकी आँखों के सामने अब तक अँधेरा हो चुका था। दूर-दूर तक उसे किसी मनुष्य की कोई आवाज़ नहीं सुनाई दे रही थी, सिर्फ़ कोयल के कूकने

की आवाज़ें ही उसके कानों में गूँज रही थीं। अब जाए तो किधर जाए। थोड़ी देर बाद रही–सही कसर एक तरफ़ से आती सियार की आवाज़ ने पूरी कर दी। ऊपर से दूसरी तरफ़ थोड़ी ही दूर पर पीपल का पेड़ भी था। एक तरफ़ कुआं और दूसरी तरफ़ खाई। वह इससे पहले कभी अकेला नहीं रहा था। जब भी वह डरा करता था तो माँ उसे चादर ओढ़ा कर उसके पास लेट जाया करती थी। वह करे तो क्या करे? माँ तो थी नहीं, पर उसका दिया नुस्खा अपना सकता था। माँ के नुस्खे भी ठीक माँ का ही काम कर जाते हैं। उसने अपनी लुंगी की चादर बनायी और ओढ़ कर लेट गया। ठीक उसी तरह जिस तरह चादर ओढ़ लेने से भूत भाग जाता है। जब सियार बोलता तो उसे एकदम से डर लगने लगता, काँप जाता। मन करता कि लुंगी से बाहर झाँककर देखे पर उसकी हिम्मत न पड़ती और वह वैसे ही आँख बंद किये हुए लेटा रहता। जैसे ही कुछ देर के लिए शांति होती, उसकी साँस में साँस आती। तभी उसे डर लगने लगता कहीं भूत तो नहीं आ गया जो सब शांत हो गये। वह ऐसी जगह से भाग जाना चाहता था। पर वह चाह कर भी कुछ नहीं कर सकता था। जब हम डरे हुए होते हैं तो हिम्मत हार जाते हैं और ऐसी ही किसी झूठी चादर से खुद को ढकने का प्रयास करते हैं पर सच खड़ा रहता है और दबोच लेता है अपनी गिरफ़्त में। आखिर उसकी उमर ही कितनी थी। ग्यारह वर्ष? उसका हिम्मत हार जाना लाज़िमी था। लेकिन बच्चों के पास एक उपाय होता है, रोना। आँसू निकलने से वह अपनी बात को अपने से बाहरी दुनिया में उड़ेल देते हैं। अपनी माँ को शिद्दत से याद करते हुए वह फफक कर रोने लगा। वह आवाज़ को इतनी तेज़ नहीं करना चाहता था कि किसी को सुनाई पड़े। पर वह जी भर कर रो लेना चाहता था। अपने अभागे करम को दोष दे लेना चाहता था। आखिर उसके साथ ऐसा क्यों हो रहा है? उसने किसी का क्या बिगाड़ा था?

आखिर हर भयंकर काली रात का अंत हो ही जाता है। ताज़िन्दगी याद रह जाने वाली उसकी इस काली रात का भी अंत हो गया था। सुबह का उजाला दिखने लगा था। सियार की आवाज़ सुनाई पड़ना बंद हो गयी थी। उसके आँसू सूख चुके थे। मन में तसल्ली भर गयी थी। एक नई सुबह हो चुकी थी। सुबह का मतलब होता है एक नया दिन जो हमें पिछली यादों को भूलकर नयी दिशा में ले जाएगा। उसने भी खुद को प्रेरित किया। शायद यह दिन आज उसके घर पहुँचाएगा। आँखें खोलीं, वहीं पर शौच आदि निवृत्त हुआ। फिर थोड़ी देर पश्चात्

उसी तालाब का पानी पिया तथा फिर चल निकला रास्ता खोजने। उसे यह एक मायानगरी लग रही थी। ऐसी नगरी जिसमें किसी जादूगर ने उसे फेंक दिया हो। और वह हातिमताई बनकर इससे निकलने की तरकीबें खोज रहा था। पर हर कोई तो हातिम नहीं हो सकता। वह भी निराश हो चला था। ज़ोरों की भूख ने उसके भय और प्यास के आगे दम तोड़ दिया था। अब जब भय और प्यास दोनों दूर हुए तो भूख ने उसे जकड़ना शुरू किया। अब जाए भी तो किधर। न इधर कोई दूर-दूर तक गाँव नज़र आ रहा था और न ही उस तरफ़। किधर भूख मिटाए? या फिर अपने घर का रास्ता ढूँढे?

अभी भूख का अपना क्रूर रूप दिखाना बाकी था। खैर, वह अपने घर की खोज में ही निकल पड़ा। आगे बढ़ते-बढ़ते शाम हो चली थी। अब तो भूख ने भी शरीर पर अपना शिकंजा कसना शुरू कर दिया था। इसके पहले शायद ही कभी उसने लगातार चार दिन में मात्र एक बार भोजन किया हो। एकाएक उसे कल की रात याद आ गई थी। अब वह जंगल में रात कतई नहीं गुज़ारना चाहता था। वह पीछे लौट जाना चाहता था। उसी गाँव की तरफ़, मुखिया जी के अहाते की तरफ़। भूख प्यास और रात के डर के आगे उसका अपने गाँव, घर जाने का सपना दम तोड़ने लगा था। इस काली रात से मुखिया जी के अहाते के मच्छर ही बेहतर लग रहे थे। सियार की आवाज़ सुनने के बजाय भैंस के पेशाब से नींद खुलना ही बेहतर था। वहाँ पर तो भूख से निजात पाने का भी इंतज़ाम हो जाने की उम्मीद थी। आखिरकार शारीरिक भूख-प्यास और भय के सामने घर, प्यार और माँ से मिलने की इच्छा ने दम तोड़ दिया था। इससे पहले कि रात हो वह मुखिया जी के गाँव लौट जाना चाहता था। अभी कुछ ही दूर वापस लौटा था कि उसे दूर किसी गाँव में बिजली की रौशनी दिखाई दी। उसकी आँखों में चमक आ गई। शायद उसकी क्षुधा की तृप्ति यहाँ हो जाए। वह बढ़ चला उस ओर। काँटों, खेतों और खड्डों से होता हुआ। दोपहर में पैदल चलने के कारण उसके पैरों में फफोले पड़ गए थे।

अब आपको थोड़ा पीछे ले चलता हूँ। यह उस वक्त की बात है जब आशिक की बहिनी का ब्याह था और तीनों दोस्त आशिक से ठंडे की उम्मीद लगाए थे। वहीं कई लोग रसगुल्ले पर ध्यान लगाए हुए थे। उसने जो रौशनी और पंडाल देखा था वह आशिक की बहिनी की शादी का ही था। वह भागता हुआ वहाँ पर पहुँचा था। रात होते-होते खेतों-खड्डों से होता हुआ किसी तरह

पहुँच गया था बिजली की रौशनी के नज़दीक तक। उसके कपड़े इतने गंदे और मटमैले हो गए थे कि कोई भी दूर से पहचान ले। ऊपर से उसका रंग रूप और लुंगी बिलकुल इस गाँव से अलग पहनावा था। उसे इस वक्त इससे मतलब नहीं था कि कैसा भोजन है, कैसा रसगुल्ला है और क्या सिस्टम है। परन्तु इस वक्त भूख के आगे कुछ नहीं सूझ रहा था। उसने देखा कि लोग खाना खा रहे हैं, वह भी खाना खाने को बढ़ा। जब भूख का माजरा हो तो भय बहुत दूर भाग जाता है। पेट भरना ही उसका पहला उद्देश्य था। फिर उसके ऊपर लात-घूँसे पड़ने लगे!

वह भूख और लात-घूँसों की मार खाकर बेहोश पड़ा था। उसे कोई समझने वाला नहीं था क्योंकि उसकी भाषा, उसके वस्त्र पहनने का तरीका भिन्न था। उसके शरीर का रंग भिन्न था। इसलिए उसे एक वक्त की रोटी की जगह लात-घूँसों की मार खानी पड़ी। कहाँ गए थे ईश्वर को पूजने वाले? कहाँ गए थे हर इन्सान को ईश्वर की औलाद कहने वाले? एक ईश्वर की औलाद भूखी दर-दर भटक रही थी। उसका क्या होगा? आखिर वह भी किसी की संतान है? किसी का बेटा है, किसी के जिगर का टुकड़ा है? हम क्यों अपने से भिन्न लोगों के साथ गलत बर्ताव करते हैं?

खैर, सुबह हुई। सूरज निकला। उसकी नींद खुली। एक बार फिर से एक नयी सुबह उसके लिए नयी चुनौतियाँ लेकर आई थी। ज़िन्दगी इतनी कम उमर में ही उसकी कठिन परीक्षा लेना चाहती थी। उसे भूख ने फिर से जकड़ लिया था। उठ पाने में मुश्किल हो रही थी। होंठ सूख गए थे और जीभ तालू से चिपक सी गयी थी। किसी तरह उसने उठने की कोशिश की। कल की मार और दो दिन से लगातार भूखे-प्यासे चलने के कारण शरीर में अकल्पनीय पीड़ा थी। इतनी भी शक्ति नहीं बची थी कि अब वह इस गाँव से बाहर जाने के बारे में सोच सके। वह हैण्डपंप ढूँढने लगा। भगवान् का शुक्र था कि पास में ही हैण्डपंप मिल गया। उसने किसी तरह वहाँ पहुँच कर पानी पिया। बैठ गया, प्यास का इलाज तो हो गया था पर भूखा खाए तो क्या खाए? कोई आस-पास जानने वाला नहीं है, न समझने वाला है। न उसकी जेब में एक नया पैसा था। अब खाए भी तो खाए क्या। भीख माँगने के लिए भाषा तो चाहिए ही होती है। वह हर तरह से निराश हो गया था। उसे ऐसा लग रहा था मानो अब उसका जीवित रहना मुश्किल है। उसे चलने-फिरने के लिए कुछ-न-कुछ तो खाना ही था। तभी उसने देखा सामने से एक व्यक्ति शादी में लोगों द्वारा

बचाया हुआ भोजन फेंकने जा रहा है। अब उसके पास कोई दूसरा चारा नहीं था, जिससे वह अपना पेट भर सके। वह उसके पीछे चल दिया। उस व्यक्ति ने उस बचे हुए भोजन को एक खेत में फेंक दिया था। अब वह उस खेत में पहुँच गया। ऐसा माना जाता है कि दुनिया का क्रूरतम कोई राक्षस होता है पर दुनिया की सबसे क्रूर भूख और प्यास दो बहनें होती हैं।

अब मरता क्या न करता जैसी हालत थी। वह पत्तल हटा-हटा के पुलाव और सब्ज़ी अलग करने लगा और इसे एक पत्तल में रख लिया। उसके लिए मतलब भर से ज़्यादा का खाना हो गया था। वह उसे खाए जा रहा था। उसके पेट को तृप्ति मिल रही थी। तभी उसे दूर से कोई देख रहा था। वह थे गाँव के मुखिया जी। वह समझ गए कि यह अनाथ है। वह भूखों मर रहा है, तभी इस तरह का भोजन खा रहा है। वह उसके पास आये और उसे अपनी मड़ैया में रख लिया।

'पागल है' के पास अब कोई दूसरा चारा भी नहीं बचा था। उसके पास दो ही रास्ते थे, एक भूखों दर-दर भटकना और दूसरा मुखिया जी के यहाँ पर काम करना, जिसके बदले उसे भोजन मिलता। उसने घर जाने का सपना अपने पेट के आगे त्याग दिया था और मुखिया जी के घर में भैंसों तथा गायों का सारा काम करने लगा था। इसके बदले उसे दो वक्त का चावल और कभी-कभी मार खाने को मिल जाती थी।

# 3

## पैकेट वाला गुब्बारा

मोहल्ले में आजकल पैकेट वाले गुब्बारे का क्रेज़ चरम पर था। हुआ कुछ यूँ था कि खबरीलाल को रामखेलावन की दुलहिन ने एक दिन चुपके से छह रुपये दिये थे। एक पाँच रुपये का नोट और दूसरा एक रुपये का नोट। वह बोली थी, "गुप्तवा की दूकान पर जा के यह बोलना—छह पैकेट वाले गुब्बारा दे दियो। एक तुम खेले को ले लियो और पाँच हमें दे दियो।"

एक तो छोटा-सा गाँव था, अगर कोई स्वयं पैकेट वाला गुब्बारा खरीदने चला जाए तो पूरे गाँव में सबको खबर लग जाती थी कि आजकल किसके घर

में परिवार नियोजन योजना चल रही है। इसलिए लोग स्वयं जाने से बचते थे। अब रामखेलावन की दुलहिन ने यह नया रास्ता निकाला था, न कोई शक कर पायेगा और न पता चल पायेगा।

अब खबरीलाल को हर हफ़्ते का एक काम मिल गया था। छह पैकेट वाला गुब्बारा लाता, पाँच रामखेलावन की दुलहिन को देता और एक गुब्बारा खुद फुलाता। पर अभी तक यह रहस्य बना हुआ है कि वह गुब्बारा रामखेलावन की दुलहिन किसके लिए मँगाती थी क्योंकि आधा दर्जन बच्चे तो पहले ही इस धरती पर जन्म ले चुके थे। यह अभी तक रहस्य का विषय है। खैर, धीरे-धीरे खबरीलाल को यह खबर लगने लगी थी कि यह पैकेट वाला गुब्बारा सिर्फ़ फुलाने के काम नहीं आता, बल्कि इसके बहुत बड़े-बड़े अचंभित करने वाले फ़ायदे हैं। जाने कितने बच्चों को धरती पर लाने से रोका जा सकता है। जाने कितनी बीमारियों से बचा जा सकता है। अब खबरीलाल का ज्ञान बढ़ चुका था। अब वह रामखेलावन की दुलहिन से खबर न बताने के लिए एक गुब्बारे के अलावा भी बहुत परसाद लेने लगा था। जितने का गुब्बारा लाना होता था उससे अधिक पैसे लेता था। अब वह सिर्फ़ एक गुब्बारे में बहलने वाला नहीं था।

दूसरी तरफ़ अब खबरीलाल उस गुब्बारे को गदहा, पोस्टमैन और आशिक के सामने फुलाने लगा था। उसमें बहुत परीक्षण करने लगा था। "देख इसमें केत्ता पानी भर जात है!"

दूसरा परीक्षण करते हुए बोलता, "देख ये केत्ता फूल जात है।"

अगला परीक्षण करता, "देख, ये आसानी से फूटत नहीं है।"

एक कहता, "जानत हो, हमार बाबू बतावत रहे। ये घोड़े की लीद से बनत है। इस गुब्बारा से न खेला करो।"

दूसरे ने कहा, "कल हम अपने घर फुलाते हुए ले गए तो मम्मी घिना गयी और तुरंत गुब्बारा फेंकवा के नहाए भेजवा दिए?"

तीसरे ने पूछ लिया, "काहे?"

जवाब मिला, "मम्मी ने कहा कि यह गुब्बारा सूअर की चर्बी से बनत है।"

खबरीलाल को कहते देर नहीं लगी, "हम लोग का सूअर से कम हैं का?" चारों खिखिया के हँसने लगे।

उन बच्चों के बीच में पैकेट वाले गुब्बारे को लेकर कुछ इस तरह की भ्रांतियाँ फैली हुई थीं।

अब दुकान वाले के यहाँ पैकेट वाला गुब्बारा माँगने का ट्रेंड चल गया था। जहाँ गाँव के बड़े बुज़ुर्ग जिसे माँगने में शर्माते थे, वहीं ये बच्चे पैकेट वाला गुब्बारा माँगते और उसे फुला कर उड़ाते हुए घूमते। एकदम से एक रुपये वाले गुब्बारे की माँग बढ़ गयी थी और शहर के मेडिकल स्टोर वाले ने अचंभित होकर गाँव के दुकानदार से पूछ ही लिया था, "का भाई ? तुम्हारे गाँव के लोग भी शिक्षित हो गए क्या ? आजकल इसकी काफ़ी डिमांड है तुम्हारे गाँव में।"

दुकानदार मुस्कुराते हुए बोला, "अशिक्षा का न कराए ? बड़े बुज़ुर्ग जिन्हें ज़रूरत है, वो लेत नहीं। डेरात है और बच्चा गुब्बारा समझ के फुलावत घूमत है। न बुज़ुर्ग पढ़े-लिखे आए, न बच्चन का पढ़े-लिखे मा मन लागे।"

लेकिन जैसे कि सबको पता है, मोहल्ले के बच्चों में सबसे अधिक और सबसे पहले ज्ञान पोस्टमैन को ही प्राप्त होता था। उसे अब तक यह पता चल चुका था कि असल में यह गुब्बारा नहीं बल्कि गर्भनिरोधक कंडोम है।

## ज़िन्दगी का पहला प्रेम पत्र

अब आशिक पास होकर कक्षा चार में पहुँच गए थे और जैसे-जैसे वे बड़े हो रहे थे उनका मन आशिकी में निपुण होता जा रहा था, यानी अपने नाम को चरितार्थ करते जा रहे थे।

चूँकि मयूरी कक्षा की मॉनिटर थी इसलिए कक्षा के मास्साब को जब पढ़ाने का मन नहीं होता तो वह मयूरी से प्रश्न पूछने को कह देते, तब तक अपना आराम से गुटखा चबाते और इधर-उधर जाकर पिचकारी मार आते। मयूरी सभी से प्रश्न करती जो उसके प्रश्न का सही जवाब न बता पाता उसे खड़ा कर देती, उधर से मास्साब एक दुई हाथ लम्बा ग्वाजा (डंडा) लेके आते और लड़कियों के हाथ पीले होने से पहले ही लाल कर देते तथा लड़कों के पिछवाड़े। फिर बचा हुआ गुटखा थूकने चले जाते। इतनी देर में घंटा समाप्त हो जाता।

आज इंटरवल में सभी दोस्त चुहुलबाज़ी कर रहे थे, तभी एक सफ़ेद कपास का फूल उनके पास आ गया। उसमें से किसी ने कहा, "इस फूल को उड़ा के देखो, जिस दिशा में जाएगा उस दिशा में ही शादी होगी।"

एक ने उड़ाया तो उत्तर दिशा की तरफ़ हवा चलने के कारण वह उधर ही उड़ गया। अब वह उत्तर की तरफ़ अपनी कक्षा की किसी लड़की का घर सोचने लगा। पता लगा कि उस दिशा में कक्षा की सोनाली रहती है। सोनाली

वही, जिसके बाबू सुअर पाले थे।

"छि! छि! उससे शादी कौन करी?"

अब धीरे-धीरे नंबर आया आशिक का। उसने जैसे ही फूल उड़ाने की कोशिश की उधर से ही मयूरी गुज़र रही थी। वह फूल जाकर उसी से टकरा गया। अब आशिक की खुशी का ठिकाना नहीं था। अब उसे ऐसा महसूस हो रहा था जैसे ईश्वर ने मयूरी को बनाया ही उसके लिए है, जैसे मयूरी और उसका जन्म-जन्म का साथ हो।

अब दिन-रात का चैन चला गया था, उसकी जगह मयूरी ने ले ली थी। वह अपने सीनियर लोगों को देखता आया था कि लड़की को प्रपोज़ किया जाता है, उसके मन में भी यही ख़याल था। अगले पल ही यह ख़याल आया कि मयूरी बहुत सीधी-सादी लड़की है। यह उस तरह की लड़की नहीं है, जिस तरह की लड़कियों को उनसे बड़े युवा लोग प्रोपोज़ करते हैं। अगर इसने अपने मम्मी-पापा से या मास्साब से बता दिया तो फिर से हाथ पीले होने के बजाय पिछवाड़ा लाल हो जाएगा। मन इस ऊहापोह में ही था। कभी यह ख़याल आता कि मयूरी उससे प्रेम करती है, फिर अगले पल ही ख़याल आता कि मयूरी उस टाइप की लड़की नहीं है। कुछ नहीं जानती, बहुत सीधी-संस्कारी है।

आखिर इस ऊहापोह से एक दिन वह बाहर निकल ही आया और निष्कर्ष निकाला कि अब वह अपने मन की बात कह कर ही दम लेगा। उसने एक रात लैंप जलाकर होमवर्क पूरा करने के बजाय बढ़िया-सा लव लैटर लिखा था। कुछ अंग्रेज़ी के शब्द ऐसे होते हैं जो गाँव के हर बच्चे को जन्म लेते ही आ जाते हैं। उन्हें सीखने के लिए किसी स्कूल नहीं जाना पड़ता। उनमें से एक है—लव लैटर। प्रेमी बनते ही रंगबाज़ी अपने आप चढ़ जाती है । ठीक वैसे ही, लव लैटर लिखने के लिए वह बढ़िया दस रुपए वाला जेल पेन खरीद कर लाया था। बात भी सही थी। मयूरी को कहीं ऐसा न लगे कि वह उस लड़के से प्रेम करने जा रही है जो बहुत ही गरीब है। आखिर प्रेम और धन का बहुत गहरा रिश्ता होता है। खैर, प्रेम पत्र कुछ इस तरह था—

"मयूरी,

मैंने जब से तुम्हें देखा है मेरे मन में कुछ-कुछ होता है। मैं सच में तुमसे बहुत प्यार करने लगा हूँ। मैं कतई गन्दा बच्चा नहीं हूँ। तुम्हें कभी मारूँगा नहीं, जैसे असफ़ाक अपनी दुलहिन को मारता है। मैं तुम्हें बहुत

प्यार करूँगा। तुमसे शादी भी करूँगा। मैं दूसरे गंदे बच्चों की तरह नहीं हूँ। मैं तुमसे कभी गन्दी बात नहीं करूँगा। शादी के बाद भी तुम्हें नहीं छुऊँगा। बस तुम्हें खूब अच्छी-अच्छी साड़ी लाकर दूँगा और कभी तुम्हरी चुम्मी तक नहीं लूँगा क्योंकि मुझे पता है तुम बहुत अच्छी लड़की हो। तुम्हें भी ये सब अच्छा नहीं लगता होगा। मैं जब बड़ा हो जाऊँगा तुमसे ही शादी करूँगा। जानती हो भगवान् भी यही चाहते हैं। कहते हैं कि कपास का फूल जो उड़ाता है और उसके बाद वह जिसके पास जाता है उसी से उसकी शादी होती है। मैंने उस दिन कपास का फूल उड़ाया था तो वह तुम्हारे पास ही गया था क्योंकि भगवान् ने हम दोनों को एक-दूसरे के लिए ही बनाया है।

तुम्हें प्यार करने वाला''

यह प्रेम पत्र उन्होंने लिख तो लिया था पर सबसे बड़ी समस्या यह थी कि इसे मयूरी तक पहुँचाया कैसे जाए? डर यह था कि अगर कहीं मयूरी को दे दिया और मयूरी बहुत सीधी-सादी लड़की हुई तथा उसने अपने घर में या मास्साब से बता दिया तो? फिर पड़ेंगे डंडे! भागे रास्ता न मिली। सबसे ज़्यादा डर इस बात का नहीं था कि मयूरी हाँ कहेगी या न! डर इस बात का था कि मयूरी अपने घरवालों या मास्साब से कहीं न बता दे। आशिक जी रहे बड़े चालाक इसलिए उन्होंने पत्र के नीचे अपना नाम नहीं लिखा था। ताकि अगर वह बताये भी तो कोई सिद्ध न कर सके कि यह ख़त उन्होंने ही दिया है। पर अपने हाथ से पहली बार किसी लड़की को पत्र देने की क्षमता न थी आशिक महाराज में। वे सिर्फ़ नाम से ही आशिक थे पर काम से टांय-टांय फिस्स। लेकिन अभी हाल-फ़िलहाल उन्हें बहुत ही बेहतर विचार आया था। उनके मन में विचार आया कि जब उनके पास पोस्टमैन रूपी दोस्त है तो फिर किस बात की चिंता है? आखिर उनका दोस्त इस काम में सबसे पारंगत व्यक्ति है। अब एकदम से आशिक महाराज की आँखों में चमक आ गई थी।

अगले दिन सुबह की राम जुहारी उन्होंने पोस्टमैन से ही की थी। पोस्टमैन ने उसे बताया था कि वह चौकस है। आशिक महाराज ने अपनी बात कहनी ही शुरू की थी कि अनुभवी पोस्टमैन बीच में ही बोल पड़े, ''सरौऊ के! तुम्हें तुम्हार बाप बहुत सीधा-सादा मानत है और तुम तो निकले परम हरामी।''

इस बात को आशिक ने गलत भावना से कतई नहीं लिया बल्कि यूँ मुस्कुरा

दिया जैसे उन्हें यह कॉम्प्लीमेंट मिला हो। वह फिर हँसते हुए कुछ बोलने ही जा रहे थे कि पोस्टमैन बोल पड़े, ''चलो ये बताओ मयूरी के साथ मा का-का करिहो?''

अब तो जैसे आशिक का माथा ठनक गया था, यह सुनके उसका पारा गरम हो चुका था। जैसे किसी ने खौलता हुआ पानी डाल दिया हो। इतनी गन्दी बात उसकी होने वाली दुल्हिन के साथ कर दी थी। लेकिन उसने खुद को रोक लिया और धैर्य से काम लिया। वह उसे घूँसों से मारना चाहता था लेकिन उसे अभी पोस्टमैन से काम निकालना था। फिर भी थोड़ा गुस्सा बचा रह गया था, ''सुनो बे!! वह ऐसी-वैसी लड़की नहीं है! बहुत सीधी लड़की है। मैं उससे प्यार करता हूँ। कोई गन्दी बात थोड़े करनी है। मैं उससे शादी करूँगा। अब तेरी भाभी है, कुछ बोल न देना।''

यह सुनते ही पोस्टमैन को हालात का सम्पूर्ण ज्ञान हो गया था। लौंडा हाथ से निकल गया वाली मुस्कान थी उनके चेहरे पर। फिर भी वह धीरे से बोले, ''ठीक है, नहीं बोलेंगे! अब बताओ करना क्या है?''

''देख भाई!! मैं तेरी भाभी से बहुत प्यार करता हूँ। अब ये लैटर पहुँचा दो।'' उसने लैटर पकड़ाते हुए कहा, ''ये बात याद रखना कि किसी से बताना नहीं।''

''अबे तुम्हें या बात का भरोसा नहीं आए। हम इस काम में माहिर हैं। तुम्हें तो पता है कपूर और इति की बात की भनक हम किसी को लगने नहीं दिए।'' पोस्टमैन ठीक वैसे ही अपना बखान कर रहा था जैसे काम प्राप्त करने के लिए एक सेल्समैन अपने गुणगान करता है।

बात में तो दम था, शायद इसीलिए आशिक ने उसे चुना था। अब आशिक बेफ़िक्र हो चुके थे, अब उन्हें यह भय नहीं था कि वह पकड़े जायेंगे। अब दोनों तरफ़ उनका ही लाभ था, अगर मयूरी हाँ कहती है तो भी उनकी जीत अगर वह अपने अम्मा-बाबू से बताती है तो पोस्टमैन फँसेगा। आशिक भाईसाहब की तो चित्त भी अपनी और पट्ट भी अपनी थी।

## पोस्टमैन निकला बड़ा खिलाड़ी

आशिक अपनी सारी बातें पोस्टमैन को बता चुका था। इसलिए ऐसा कुछ भी नहीं था जो पोस्टमैन को आशिक और मयूरी के बारे में न पता हो। लेकिन

दूसरी तरफ़ पोस्टमैन की अपनी अलग ही सोच चल रही थी। असल में जब से मोहल्ले में मयूरी आई थी, तब से पोस्टमैन की निगाह उसी पर थी। अभी हाल ही में पोस्टमैन के हाथ एक किताब लगी थी, *अलादीन का चिराग* । उस किताब में जो लिखा था वह लिखा था, पर सबसे महत्त्वपूर्ण बात उस किताब के पीछे लिखी हुई थी। उस किताब के पीछे उस प्रकाशन की एक पुस्तक का नाम लिखा था, *वशीकरण कैसे करे?* उसकी विशेषता कुछ इस प्रकार दी हुई थी—मनचाही स्त्री से प्रेम करके उसे अपना बना लीजिये, मनचाहे पुरुष को अपने बस में कर लीजिये, धनवान व्यक्ति से वशीकरण द्वारा धन छीन लीजिये, शत्रु को अपने चरणों पर लिटा लीजिये, प्रेम, धन, सम्भोग, स्त्री हर तरह की चीज़ को वशीकरण किताब के नियमों से प्राप्त करें। वशीकरण की यह किताब मात्र 21 रुपये में घर बैठे प्राप्त करें।

पोस्टमैन को यह किताब नहीं ज्ञान का खज़ाना लगा था। उसे ऐसा लगा कि इतने कम मूल्य में कोई इतना बड़ा ज्ञान देता है भला? अब जैसे-तैसे करके उन्हें यह किताब चाहिए थी ताकि वह मयूरी को अपने वश में कर सके और आशिक को इस खेल से बाहर निकाल सके।

अब उसने एक तरकीब निकाली। और उस तरकीब के अंतर्गत ही उसने उस ख़त को पढ़ा तथा उसका जवाब कपूर से कुछ यूँ लिखाया। चूँकि पोस्टमैन कपूर के ख़त पहुँचाने का काम किया करता था इसलिए कपूर को उसके कहने पर ज़बरदस्ती मयूरी बनकर वह ख़त लिखना पड़ा।

"झंडी लाल!

जानते हो, उस दिन मैंने तुमसे पीपल का पत्ता इसलिए नहीं माँगा था कि उसे रखने से विद्या बढ़ती है। मैंने इसलिए माँगा था कि जो उस पत्ते को दे देता है उसी लड़के से शादी होती है। फिर अगले दिन कपास का फूल भी तुमने फेंका तो वह मेरे पास ही आया था। सच कहूँ मैं तुमसे बहुत प्यार करती हूँ। तुम चाहो तो गन्दी बात भी कर लेना, मैं रोकूँगी नहीं। न ही अम्मा-बाबू से बताऊँगी। पर एक बात ध्यान रखना, मुझसे स्कूल में कभी बात मत करना और न ही मुझसे मोहल्ले में कभी बात करना। वह इसलिए कि कोई देख लेगा तो बहुत मार पड़ेगी। इस पोस्टमैन के माध्यम से ही ख़त भेजते रहना और हाँ अगर तुम सच में मुझे प्यार करते हो तो पोस्टमैन से मुझे गुड़ की पट्टी, गरी मिसरी और एक रुपया रोज़

भिजवा दिया करो। एक बात सुनो! तुम्हारे ऊपर लाल शर्ट बहुत अच्छी लगती है। कल स्कूल वही पहन के आना।

तुम्हारी प्यारी

मयूरी''

अब यह ख़त पढ़ के तो मान लो कि ईश्वर ने आशिक की सुन ली हो। इस बार तो उसे ऐसी प्रेमिका मिल गयी थी जो गन्दी बात करने के लिए तैयार थी और बाबू-अम्मा से भी नहीं बताने वाली थी। और क्या चाहिए था? सोने पे सुहागा जैसा था, उसे लगा 'ईश्वर जब भी देता है छप्पर फाड़कर देता है' वाली कहावत सौ प्रतिशत ठीक है। लेकिन घर में इतना घिनौना काम करने वाला विचार रफूचक्कर हो गया था। अब एकदम से उसकी आँखों में जल्दी से बड़े हो जाने के सपने दिखाई देने लगे थे। अब वह मयूरी से शादी रचा लेना चाहता था क्योंकि उसे ऐसा लग रहा था कि ऐसी प्रेमिका बहुत कम मिलती है जो गन्दी बात के लिए राज़ी हो जाए। वर्ना कुछ बहुत ही सीधी-संस्कारी होती हैं। अब फिर से मयूरी के चेहरे पर टेलर की दुलहिन की अदाओं ने जगह ले ली थी। कुल मिलाकर उसे आत्मसुखवा प्रेम हो गया था। आत्मसुखवा प्रेम असल में वह प्यार होता है, जिसमें दोस्तों के बीच अपनी प्रेमिका बताकर अपना भौकाल जमाने पर आत्म सुख प्राप्त हो।

खैर, इस ख़त के बाद आशिक के जीवन में कुछ बदलाव हुए थे, अपने जेब खर्च जो उसकी मम्मी रोज़ सुबह दो रुपये देती थी, उससे वह गुड़ की पट्टी, गरी एवं मिसरी भेजने लगा था। जिसको पोस्टमैन बढ़िया से स्वाद ले-ले कर खाया करता था और आशिक की बेवकूफ़ी पे हँसा करता था। अब आशिक का जीवन पोस्टमैन के इशारों पर चलने लगा था। अब पोस्टमैन ख़त के माध्यम से जो चाहता वह आशिक से करवाता था। जिस दिन वह चाहे लाल शर्ट पहनवाता, जब चाहता उससे हाफ़ पैंट पहनवाता। जिस दिन चाहता नीला निक्कर पहनवाता, जिस दिन चाहता पीली बनियान पहनवाता।

रोज़ सुबह इधर से आशिक ख़त भेजता और उधर से शाम को ख़त पढ़ते। दिनचर्या अब खतों के हिसाब से चलने लगी थी। पर अभी तक आज्ञा का पालन करते हुए आशिक ने कभी उससे बात नहीं की थी और उसकी तरफ़ देखना कम कर दिया था।

एक दिन आशिक बहुत गुस्से में था। आज उसे बहुत बुरा लग रहा था।

उसे ऐसा लग रहा था मानो उसकी प्रेमिका ने धोखा दे दिया हो। ऐसा भी कोई अपने प्रेमी के साथ करता है। उसके मन में इस तरह के विचार चल रहे थे। उसने स्कूल से तुरंत आकर एक ख़त लिखा और पोस्टमैन को दे आया—

> "मयूरी, क्या तुम सच में मुझसे प्यार करती हो? आज सिर्फ़ एक प्रश्न का जवाब न बता पाने के कारण तुमने खड़ा कर दिया और वह साला सुरेन्द्र मसाला खाए पिचकारी मारता रहता है, बस आ जाता है छड़ी लेके। बहुत तेज़ लाल हो गया है पीछे। किसी को दिखा भी नहीं सकता हूँ। तुम्हें तो सोचना चाहिए, तुम जिससे प्यार करती हो वह मार खाता है तो अच्छा लगता है तुम्हें? जानती हो मैं पापा की जेब से पैसे चुरा कर तुम्हारे लिए गुड़ की पट्टी और गरी मिसरी भेजता हूँ। मैंने एक हफ़्ते से चाट नहीं खायी है, सिर्फ़ इसलिए कि तुम्हें रोज़ गुड़ की पट्टी पहुँचती रहे। एक दिन तो पापा ने पैसे चुराते हुए देख लिया था तो बहुत मारा था पर मैंने तुम्हें गरी मिसरी देना नहीं छोड़ा, लेकिन तुम हो कि तुम्हें इतनी भी दया नहीं आई कि मुझे बैठा दो। जाओ मैं तुमसे अब बात नहीं करूँगा।"

पोस्टमैन ने जैसे ही ख़त पढ़ा उसके तो होश उड़ गए। उसका तीर उल्टा पड़ने लगा था। उसकी झूठी बातें तो पकड़ी जा सकती थीं। अब इससे पहले कि वह पकड़ा जाए, उसके पास एक तरकीब आई थी, यही सही वक्त था, उसने इक्कीस रुपये भी इकठ्ठा कर लिए थे। और अब आशिक को अपने रास्ते से हटाने का वक्त आ गया था। उसने जवाब दिया—

> "ऐसा नहीं है, जानते हो! जब तुम मार खा रहे थे तो मुझे भी उतना ही दर्द हो रहा था। पर अगर मैं तुम्हें बैठा देती तो सबको शक हो जाता। अगर उनमें से कोई भी मास्साब से बता देता तो? तुम्हें और ज़्यादा मार पड़ती। इसलिए मैंने तुम्हें खड़ा किये रखा। खैर, सुनो जान! अच्छा आज एक काम करो, तुम पोस्टमैन से कुछ मत भेजवाना। जब मैं कल स्कूल जाऊँ तो मुझे पैकेट वाले दो गुब्बारे दे देना। लोग फुलाते हैं, मुझे भी फुलाना है। इंतज़ार रहेगा!!
>
> तुम्हारी प्यारी
>
> मयूरी।"

यह ख़त पढ़ के आशिक को चैन आया। उसे ऐसा महसूस हो रहा था जैसे

हारे हुए व्यक्ति को जीत हासिल हो गयी हो। उसका सीना तन गया था और आँखों में ऐसी चमक आ गई थी कि दूर से ही कोई देखकर यह बता सकता था कि 1996 का विश्वकप भले ही भारत हार गया हो पर जीत आशिक की ही हुई थी।

अगले दिन सुबह आशिक ने अपने पिता जी की जेब से पाँच रुपए निकाले और पाँच पैकेट वाले गुब्बारे खरीद लिए। अब वे चल दिए थे गोविंदा की तरह। आज फिर से उसने लाल वाली शर्ट पहनी थी। आज वह पहली बार अपनी प्रेमिका को गिफ़्ट देने वाले थे। पहली बार वे अपनी प्रेमिका को नज़दीक से कुछ देने जाने वाले थे। आज उनकी खुशी को नापने के लिए किसी यन्त्र की ज़रूरत नहीं थी। वह अपने आप टपक रही थी।

वह अपने बैग में पैकेट वाले गुब्बारे डाल कर निकल लिया स्कूल के लिए। फिर वह मयूरी के आने का इंतज़ार करने लगा। जब मयूरी दूर से बैग टाँगकर आँखों में काजल लगाए, आती हुई दिखी तो वह खुद को गोविंदा और मयूरी को रवीना टंडन से कम नहीं समझ रहा था। आज वह पहली बार अपनी प्रेमिका को जिससे वह सिर्फ़ प्रेम पत्र के माध्यम से बात करता था, गिफ़्ट देने जा रहा था। उसने जाते ही उसके हाथ में गिफ़्ट पकड़ा दिया। मयूरी को भी समझ नहीं आया कि आखिर वह क्या दे रहा है और क्यों दे रहा है? उसने भौंचक निगाहों से देखते हुए पूछ लिया, ''झंडीलाल ये का है?''

''खोल के देखो,'' उसने बड़े आत्मविश्वास के साथ कहा।

जैसे ही उसने लिफ़ाफ़ा खोला तो सामने से टीचर जी आ रहे थे और उन्होंने वह पैकेट वाले गुब्बारे देख लिये थे। उसका पिछवाड़ा जो लाल हुआ था वह लाल हुआ ही था पर पूरे गाँव में बात फैल गयी और यह बात आशिक के घर में भी पहुँच गयी। इसका परिणाम यह हो गया था कि आशिक हर बच्चे की माँ के लिए विलन बन गया था। गाँव की माँ अब अपने बच्चों को उससे दूर रहने की हिदायत दिया करती थी। मयूरी और आशिक को भी समझ नहीं आया कि आखिर हुआ क्या? दूसरी तरफ़ पोस्टमैन की खुशी का ठिकाना नहीं था, उसने ठंडा न पिलाने का बदला ले लिया था। और उसे ऐसा लग रहा था कि अब मयूरी के लिए रास्ता साफ़ हो चुका है।

अब तो पोस्टमैन की आँखों में चमक आ गई थी। उसकी खुशी का कोई ठिकाना नहीं था। उसने उसी पते पर 21 रुपये भेज दिए और वशीकरण वाली

किताब आने का इंतज़ार करने लगा। आखिर वह दिन भी आ गया जब उसके हाथ किताब लग गयी। वह आज खुद को चन्द्रगुप्त मौर्य से कम नहीं समझ रहा था। जब वह भैंस चराने जाएगा तो वह एक जगह पर पेड़ के नीचे बैठ जाएगा। तब खबरीलाल, आशिक और गदहा सब उसका काम किया करेंगे। वह बैठकर पालथी मारकर वहाँ पर नींद लिया करेगा। और जब वापस आएगा तो मयूरी उसका अपनी छत पर इंतज़ार किया करेगी।

## 'पागल है' करे प्रेम

'पागल है' के बारे में मुखिया जी को पता चल गया था कि इसका कोई सगा-सम्बन्धी नहीं है। पर इस बात में उन्हें कोई दिलचस्पी नहीं थी कि वह आया कहाँ से है? उन्हें कोई लेना-देना नहीं था, बस उन्हें अपने मतलब से मतलब था। इसलिए तो उन्होंने उसे अपने घर पर रख लिया था। घर तो नहीं कहेंगे, उसे अपने मड़ैया में जगह दे दी थी, जहाँ पर उनके जानवर बाँधे जाते थे। इसी बहाने उन्हें जानवरों की देखरेख करने वाला व्यक्ति भी मिल गया था और रुपये-पैसे देने का कोई सवाल ही नहीं था। यह उनके लिए ऐसा ही था जैसे—हर्रे लगे न फिटकरी, रंग चोखा हुई जाए। मुखिया जी ने 'पागल है' का नामकरण भी कर दिया था—'गोविन्द'। इसके पीछे उनका उद्देश्य यह था कि सारा दिन भ्रष्टाचार करते हैं, कम-से-कम इसे काम के बहाने पुकारेंगे तो भगवान् का नाम निकलेगा। ईश्वर का नाम लेने से दिन भर के किये कराए पाप से कुछ मुक्ति तो मिल ही जाएगी।

'पागल है' को अब दो वक्त का खाना और दो वक्त की मार मिलने लगी थी। भले ही भोजन और मार उसे पसंद आती हो या न आती हो पर किसी तरह मिल ही जाती थी। उसका पेट भरने लगा था। फटे-पुराने गद्दे और रज़ाई पकड़ा दिये गये थे। जो ऐसे बदबू मारते थे कि कोई दूसरा उसके पाँच फीट दूर तक भी न जाए। और नींद? वह तो कोसों दूर रहती थी उसकी आँखों से, उसे अपनी माँ की गोद याद आती थी। घर के बिस्तर तो साफ़-सुथरे होते थे पर यहाँ वह बेचारा करता भी तो क्या करता, उसे उन्हीं कपड़ों का उपयोग करना था। दो फटे पैंट और शर्ट देने की भी कृपा कर दी गयी थी। उसे कपड़े धोने और साफ़-सुथरा रहने की सीख देने वाला कोई नहीं था। बस उससे काम लेने वाले थे। जिस वक्त उसे माँ द्वारा सीख मिलनी चाहिए थी, उस वक्त उसे कोई

कुछ सिखाने वाला नहीं था। वह उन्हीं कपड़ों को पहनता रहता था। शायद ही किसी ने उसे कभी कपड़े धोते हुए देखा हो। आप इसे यूँ मान सकते हैं कि वह इस बदबू का इतना अभ्यस्त हो चुका था कि यह उसे अपने जीवन का अभिन्न अंग लगने लगी थी। उसकी महक में उसे किसी बदबू का एहसास नहीं होता था। जबकि महिलायें उससे पाँच फीट दूरी बना कर चलती थीं और नाक पल्लू से ढककर थोड़ी दूर आगे जाने पर घिन्न की पिचकारी ज़मीन पर थूक देतीं। इसके पीछे दो कारण थे पहला वह 'पागल है' था और दूसरा यह कि उसके शरीर से बदबू आती थी।

गाँववालों का विचित्र व्यवहार देखकर उसके मन में भय भरता जा रहा था। कोई भी काम करने से पहले उसके हाथ ठिठक जाते। मन थम जाता और पैर रुक जाते। वह कोई भी काम करने से पहले उसके परिणाम को याद कर लेता, कहीं ऐसा न हो कि इस काम के बाद उसकी पीठ लाल हो जाए। कुल मिलाकर, वह सहमा हुआ रहने लगा था, भयभीत।

दिन तो किसी तरह कट जाता लेकिन रात में जब वह मड़ैया में अकेला होता तो उसे अपनी माँ की याद आती कि किस तरह वह उसे सुलाया करती थी। जब वह छत पर अपनी बहन के साथ चाँदनी रात में खेला करता था। माँ उन्हें खोजती हुई आती और खाने के लिए बुलाती, मनपसंद खाना न मिलने पर वह कैसे पूरा घर सर पर उठा लेता था। कभी मन करता भाग जाए यहाँ से। फिर यह सोचते हुए सहम जाता कि एक बार बाहर निकलने की कोशिश तो की थी उसने पर क्या अंजाम हुआ था? उस अंजाम को ही सोचकर उसकी रूह काँप उठती। एक बार फिर से बाहर निकलने की सोच वहीं पर दम तोड़ देती। हमारी हार का सबसे बड़ा कारण यही होता है कि हम अपने भूतकाल की असफलता के बारे में सोचकर मन में ही अपनी हार स्वीकार कर बैठते हैं। कभी-कभी ज़रूरत होती है, एक बार फिर से उठ खड़े होने की। एक बार फिर से पूरी ताकत झोंक देने की। पर वह उठ खड़ा भी हो तो कैसे? हमें फिर से उठ खड़े होने के लिए प्रेरणा या फिर किसी अध्यापक की आवश्यकता होती है। लेकिन उसे तो कोई समझता ही नहीं था, अध्यापक कहाँ से आएगा। बस सिर्फ़ एक ही चीज़ बची थी —प्रकृति। वही उसे कोई प्रेरणा दे सकती थी। प्रकृति ने भी उसे प्रेरणा दी। पर उसे एक बार उठ खड़ा होने के लिए नहीं बल्कि मन मसोस कर यहाँ पर परिस्थितियों से समझौता करके बस जाने के लिए।

खैर, 'पागल है' की दिनचर्या कुछ इस तरह बन चुकी थी। वह रोज़ सुबह जग जाता था और बाल्टी लेकर मड़ैया चला जाता। गाय, भैंस और बैल को सही जगह पर बाँधता और फिर उन्हें पानी पिलाता तथा चारा-सानी करता। उसके बाद कहीं जाकर अपने दैनिक कार्य शुरू करता।

जब वह सारा काम करके घर वापस आता तो उसे कल की बची दो रोटी और नून (नमक) पकड़ा दिया जाता। फिर वह दिन भर फिरकी की तरह घूमकर घर का काम करता। मड़ैया से घर और घर से मड़ैया के दिन में दस चक्कर लगाता। फिर शाम को अपनी गाय, भैंस लेकर खेत में चराने जाता था। जब वह चरा कर वापस आता तो शाम को बचा-खुचा खाना उसे अलग पकड़ा दिया जाता। वह एक कोने में बैठता और फिर वापस मड़ैया चला आता। मड़ैया आते-जाते हर दूसरा बच्चा उसे परेशान करता। बच्चे कभी उसको उँगली करके भाग जाते और कभी छोटा-सा पत्थर मारकर। वे कभी उसके आगे-पीछे नाचते थे, कभी उसकी नक़ल करते थे और कभी नाक पकड़कर उल्टियाँ करने का ड्रामा करते थे। अब तो वह गाँव के लोगों से इतना तंग आ गया था कि उन्हें देखते ही दूर से प्रहार करने की कोशिश करने लगा था। कोई दिख जाता था तो सबसे पहले झुककर छोटे-बड़े पत्थर उठा लेता था। तंग करने वाले लड़कों के पीछे भागता। जिस वजह से लोगों के बीच यह धारणा बैठी जा रही थी कि यह सच में पागल है। जैसा नाम वैसा काम की तरह उसका मन काम करने लगा था। अब सच में उसके मन में गाँव के लोगों के लिए घृणा भरती जा रही थी। जिस वजह से उसके मन में पागलपन सवार होने लगा था। उसे यहाँ पर घुटन होने लगी थी। पर वह कुछ कर भी नहीं सकता था, जाए भी तो कहाँ जाए? यहाँ कहाँ फँस गया है? इसकी भी उसे कोई खबर नहीं थी? वह कहाँ पर है?

दो वक्त की रोटी के लिए वह एक रोबोट बन गया था। उसे कुछ हिन्दी के वाक्य समझ में आने लगे थे, जो सारा दिन सुनता रहता था। जैसे,

"मड़ैया चले जाओ।"

"भैंसिया का पानी पिला देव।"

"गाय-भैंसी चरा लेव।"

"खाना खा लेव।"

"पागल है।"

पर गाँव के लोगों के प्रति वह असहिष्णु हो चुका था। हो भी क्यों नहीं?

हम सभी एकरूपता चाहते हैं। हम सभी अपने जैसा व्यक्ति चाहते हैं। कोई उसे समझना नहीं चाहता था। समझना छोड़ दीजिए बल्कि सब उसका मजाक उड़ाते। उसके दर्द को कोई समझना नहीं चाहता था बल्कि 'पागल है' कहकर हँसी उड़ाई जाती। उसके माँ-बाप, घर-परिवार के बारे में किसी को कोई जानकारी नहीं थी, बस यह मान लिया गया था कि इसका दिमाग फिर गया है इसलिए ऐसी बातें करता है। अब उसकी असहिष्णुता ने उनकी बात पर मुहर लगा दी थी। जैसे ही वह उस व्यक्ति को देखता जो उसे परेशान कर सकता था, वह पत्थर या डंडा लेकर पहले से ही मारने के प्रयास में सावधान हो जाता। यह उसका आत्मरक्षा करने का एक तरीका होता था। दूसरी तरफ़ सामने वाले व्यक्ति को कोई दूसरा व्यक्ति सतर्क कर देता, ''उससे दूर रहो, वह पागल है।''

उसे न गाँव के बच्चे पसंद थे, न पुरुष। यहाँ तक कि उसे गोरी चिट्टी लड़कियाँ भी पसंद नहीं थीं। उसे सांवली लड़की पसंद थी, जिसकी नस-नस में नज़ाकत हो, शर्म हो, हया हो। ऐसी लड़कियाँ उसे इस गाँव में दिखती ही नहीं थीं।

आज उसने एक लड़के को पत्थर मार कर चोटिल कर दिया, वह लड़का उसको बहुत परेशान कर रहा था। लड़के के माँ-बाप शिकायत लेकर मुखिया जी के पास पहुँच गए। मुखिया जी ने मार-मार कर उसकी हालत बिगाड़ दी। उसी दिन कोलकाता में श्रीलंका से हार के बाद विनोद कांबली रो रहे थे, जिसे पूरी दुनिया ने देखा था और इधर 'पागल है' रो रहा था जिसे देखने वाला कोई नहीं था। वह रोते-बिलखते किसी तरह अपनी मड़ैया चला गया था। कुछ देर में आँसू अपने आप सूख गये थे। आखिर आँसुओं ने भी उसके कष्टों के सामने हार मान ली थी और निकलने बंद हो गये थे। वह हतोत्साहित था, इस तरह की ज़िन्दगी से मर जाना बेहतर लग रहा था। उसे ऐसा महसूस हो रहा था अगर वह आत्महत्या कर ले तो शायद इस नरक भरी ज़िन्दगी से छुट्टी पा लेगा। अपनी ज़िन्दगी के प्रति उसकी रग-रग में घृणा भरती जा रही थी। ऐसी ज़िन्दगी भी क्या ज़िन्दगी थी, जहाँ कोई अपना नहीं था। सब पराए थे और उसका शोषण करने के लिए तैयार थे। सभी उसका मज़ाक उड़ाने के लिए तैयार खड़े रहते थे। सब ऐसे मुँह बाए खड़े थे जैसे मेमने को देखकर शेर तैयार रहता है। वह बस कुएँ में कूद कर जान दे देना चाहता था। मुट्ठी बाँध कर दृढ़ प्रतिज्ञ होकर चल पड़ा, गाँव के बाहरी तरफ़ कुएँ की ओर। आज ठान ली थी कि वह जान देकर ही मानेगा। उसे जान देना जीवन जीने की अपेक्षा ज़्यादा आसान लग रहा

था। लेकिन प्रकृति को कुछ और ही मंजूर था, उसने उसके जीवन के लिए कुछ अलग ही लिख रखा था। प्रकृति ने उसे जीवित रहने के लिए दो प्रेरणा दे दीं—

पहली—उसने देखा कि दो बछड़ो को बधिया करके बैल बनाया जा रहा है। यह देखते ही उसकी रूह काँप गई। मन में विचार आया कि इन बैलों को कितनी क्रूर तरीके से बैल बनाया जा रहा है। अब ये अपनी इच्छाओं का दमन करके अपने मालिक के अनुसार जीवन जीने के लिए विवश होंगे। ईश्वर ने इनकी ज़िन्दगी ऐसे ही लिखी है। हो सकता है कि ईश्वर ने उसे भी ऐसे ही जीने के लिए भेजा हो। जब बैल अपनी इच्छाओं का दमन करके जीवन व्यतीत कर सकते हैं तो वह क्यों अपने जीवन से भाग रहा है। एक बार फिर से जीवन और मृत्यु के बीच ज़िन्दगी की जीत हो गयी थी। उसने अपने मन से मृत्यु का ख़याल त्याग दिया था और इस त्याग के लिए प्रकृति ने एक दूसरी प्रेरणा देकर पुरस्कृत किया था। वैसे भी प्रकृति जीवन जीने के लिए कई प्रेरणा देती है। बस हमें पहचानने की ज़रूरत होती है। हम बुरी से बुरी परिस्थिति में भी जीवन जीने के लिए प्रेरित रहते हैं।

दूसरी—वह वापस मड़ैया आ गया था और वहाँ से अपनी भैंस लेकर उन्हें तालाब की ओर नहलाने चल दिया। सिर्फ़ यही जानवर ही तो थे जो उसके भिन्न होने के बावजूद भी उससे प्रेम करते थे। तालाब के पास जाकर वह एक भैंस के ऊपर बैठ गया। भैंस बीच तालाब में जाकर लोटने लगी। वह भी उसके साथ लोटने का आनंद लेने लगा। जब भी वह दुखी होता तो भैंस के साथ इस तरह से लोटना उसे बहुत पसंद था। उसे क्या पता था कि इस दुखभरी ज़िन्दगी से उसे आशा की एक किरण दिखाई पड़ेगी। किसी भी व्यक्ति के लिए प्रेम या स्त्री आकर्षण से अधिक आकर्षण क्या हो सकता है। वह ऐसा कर ही रहा था कि तभी उसके सामने से एक लड़की गुजरी। उसे ऐसा लगा जैसे उसने कहीं पर उसे देखा हो। सलवार सूट पहने हुए सांवले रंग की वह लड़की, बालों में गजरा लगाए हुए थी। वह न चाहते हुए भी उसकी तरफ़ मोहित हुआ चला जा रहा था। इस गाँव में पहली लड़की वह थी जिसकी तरफ़ वह आकर्षित हुआ था। उसके कुछ पुराने चित्र धुंधले पड़ने लगे थे, पर उसे याद आ रहे थे, गजरा लगाए महिलाएँ, उसकी माँ, पड़ोसन। उस लड़की का नाम भूरी था। असल में उसका नाम ही सिर्फ़ भूरी था मगर वह सांवली थी। उसे भी तो सांवली लड़कियाँ ही पसंद थीं। सांवला सिर्फ़ रंग नहीं था, बल्कि उसे अपनेपन का एहसास होता

था। गोरे रंग में उसे अपनत्व नज़र नहीं आता था। उसे ऐसा महसूस होता था, ये लोग बाहरी लोग हैं। आखिर उनका बर्ताव भी तो उसके प्रति खराब था। जैसा सुना था वैसा ही देखा भी था। वैसे भी उत्तर भारत में गोरा कोई रंग नहीं बल्कि विशेषण होता है। ठीक उसी तरह वह सांवली लड़की थी, जिस वजह से उसको पसंद करने वाला सिर्फ़ 'पागल है' था। भूरी का पूरा नाम भूरी मिश्रा था। जिस वजह से बच्चों के बीच वह मिसिराइन नाम से पुकारी जाती थी। वह भैंस छोड़कर उसके पीछे चल दिया। वह लड़की मुखिया जी और मड़ैया के बीच के एक घर में रहती थी।

वह घर से बाहर मटका लेकर आई और हैंडपंप से पानी भरने लगी। फिर उस मटके को अपनी कमर पर रखकर घर ले जा रही थी। 'पागल है' को सच में पहली बार इस तरह की भावना का एहसास हुआ था। यह वह एहसास था जब पहली बार कोई लड़का अपने अन्दर पुरुष और स्त्री में भेद समझता है। उसे भी आज पता चल गया था कि वह पुरुष है और वह उस लड़की की ओर आकर्षित हुआ जा रहा है। हैंडपंप से पानी भरते हुए उसके बालों का गिरना फिर उसे संभालना, मटका लेकर कमर मटकाती हुई जाना। वह बस उसे ही निहारता रहा। असल में 'पागल है' को याद है जब वह पहली बार इस गाँव में आया था। कितना निराश और हताश था! जैसे उसकी दुनिया ही पीछे छूट गयी हो। अब तो उस 'पागल है' की दिनचर्या में यह एक खुशनुमा पन्ना जुड़ गया था। उसने अपने दिन भर के कामों के बीच इस काम के लिए भी समय निकालना शुरू कर दिया था। वह भैंस को जब चारा-सानी करने के लिए निकलता तो बीच रास्ते में उसे उस सांवली लड़की को देखने की इच्छा जग जाती। कभी वह कंडा पाथती हुई, कभी पानी भरती हुई और कभी घर-घर खेलती हुई दिख जाती। वह सब काम छोड़कर बस उसे ही देखता रहता। यहाँ तक कि कभी-कभी खेतों तक उसका पीछा करता। इस नयन सुख का आनंद ही एकमात्र आनंद बचा था उसके जीवन में। दूसरी तरफ़, किसी लड़की की आँखें अपनी ओर उठने वाली हर नज़र को भांप लेती हैं। वह लड़की मिसिराइन ने भी जान लिया था कि कोई है जो उसे अपनी कल्पना में देखने लगा है।

'पागल है' उसके पीछे पागल हुआ जा रहा था। उसकी आँखें जिसमें हर समय अपने माता-पिता और घर से बिछड़ने के गम के बादल तैरते थे, वहाँ अजीब चमक ने जगह ले ली थी। ठीक उसी तरह जिस तरह काले बादलों

के बीच सूरज की रौशनी चमक जाती है। उसके लिए तो सिर्फ़ नयन सुख ही दिनभर का सुख होता था। अब वह बारह वर्ष का हो गया था। उसकी बाली उमर संभाले नहीं संभल रही थी।

आपको याद होगा मैंने शुरुआत में बताया है कि एक दिन वह एक लड़की को दूर से देखते हुए आपत्तिजनक हालत में पकड़ा गया था और खबरीलाल को भनक लग गयी थी। फिर वह अपना गैंग लेकर उस पुल के पास पहुँच गया था। यह क्रिया उसके प्रेम का वासना से मिलना था न कि पागलपन। पर दुनिया में वह 'पागल है' की तरह विख्यात हो गया था। वह लड़की यही मिसिराइन थी और यह लड़का पागल नहीं था। यह काण्ड मिसिराइन के मिलने के बाद का ही है। वैसे भी जग प्रसिद्ध बात है कि एकतरफ़ा प्रेम को पागलपन का नाम दे ही दिया जाता है।

## चने का साग और मास्साब की बिटिया

सभी लोगों की छमाही परीक्षा के परिणाम आ गए थे। गदहा अपने नाम के विपरीत कक्षा तीन की छमाही परीक्षा में लल्लनटॉप तरीके से पास हुआ था। आशिक जो हमेशा आशिकगिरी झाड़ता था वह भी कक्षा चार की परीक्षा में अच्छे अंकों से पास हो गया था। बचे खबरीलाल और पोस्टमैन। कमाल की बात देखो, खबरीलाल ने पाँचवीं कक्षा की आधी दूरी घसीट-घसीट के पास कर ली थी, लेकिन मोहल्ले के सबसे बुद्धिजीवी प्राणी को कक्षा पाँच की छमाही परीक्षा में मुँह की खानी पड़ी थी। ऐसा लग रहा था कि बिल गेट्स की यह पंक्ति कि 'डिग्री किसी का भविष्य निर्धारित नहीं करती' को पोस्टमैन ने बड़े सीरियस तरीके से ले लिया था। अगर वह सालाना परीक्षा में फ़ेल हो गया तो उसकी बुद्धिजीविता पर प्रश्न उठ सकता था। मोहल्ले के लड़के जो उसका सम्मान करते थे, वे उसे सम्मान देना बंद कर देते। अब उसका सम्मान दांव पर लगा था। इस बार उसने ठान लिया था कि पास होकर रहेगा। कमर कस ली थी। मन में दृढ़ संकल्प कर लिया था। येन-केन-प्रकारेण, पास होना ही है। साम, दाम, दंड, भेद सब लगा देना था।

अगले दिन पोस्टमैन अपने स्कूल गया था, पर थोड़ा लेट पहुँचा था। वह सरकारी स्कूल था या फिर जो बोरे वाले स्कूल नाम से प्रसिद्ध था। वहाँ पर सिर्फ़ दो मास्साब पढ़ाते थे, एक सहायक अध्यापक और दूसरे हेड मास्टर थे।

उस दिन सहायक अध्यापक आये नहीं थे, इसलिए हेडमास्टर सभी विद्यार्थियों को नीम के पेड़ के नीचे एक साथ बिठाकर पढ़ा रहे थे। पढ़ा क्या रहे थे, कथा सुना रहे थे। कथा भी काहे न सुनाएँ, उनके बापू जी जन्म से पंडिताई ही करते रहे और वो भी पुआ-पंजीरी खाकर बड़े हुए थे। अब नौकरी लग गयी तो बोलत नहीं बनत आए। कुल मिलाकर 112 विद्यार्थी पूरे स्कूल में पढ़ते थे पर 50 से अधिक बच्चे कभी नहीं पहुँचते थे। पोस्टमैन तो बस हफ़्ते में एक दिन आने वाला बच्चा था। पर आज वह स्कूल पहुँच गया था। उसके पीछे का उसका कारण कठिन परिश्रम करके पढ़ाई करना नहीं था बल्कि सिर्फ़ पास होने की तरकीब पर अप्लाई करना था।

जैसे ही वह अपनी कक्षा (अपनी कक्षा नहीं, सामूहिक कक्षा) में प्रवेश (प्रवेश क्या, पेड़ की छाया में पहुँचनेवाला था) करने वाला था, मास्साब पान चबाए हुए गल्थरी लाल किये हुए बोल पड़े, ''काहे हो पोस्टमैन एतना देर काहे कर दिए?''

जैसे ही उन्होंने पोस्टमैन कहा, कक्षा में आए पचपन के पचपन विद्यार्थियों ने खीसें निपोर दीं।

मास्साब थे बहुत मौज के मूड में। ''जल्दी काहे आ गए, जब मिड-डे मील बन जात, तब औतेव। तब तक खेती कर आओ।''

शहर के स्कूलों और गाँव के स्कूलों में यह फ़र्क है। शहर में बच्चा तब गोला मारता है जब उसको किसी बीमारी ने घेर लिया होता है लेकिन गाँव में बच्चा तब गोला मारता है, जब उसको खेत बोना, काटना या फिर अनाज उठाना जैसे कई काम होते हैं। हर किसी को यह बात बखूबी पता होती है कि पढ़ाई-लिखाई सिर्फ़ उसी तरह की फ़ॉर्मेलिटी है जिस तरह सब्ज़ी के साथ में चटनी। चटनी मिले या न मिले क्या फ़र्क पड़ता है। उसी तरह हर माँ-बाप, बच्चे, यहाँ तक कि अध्यापक को भी यह बात बखूबी पता होती थी कि इनका पढ़ाई-लिखाई से कुछ होना हवाना है नहीं। अंत में इन्हें खेती ही करनी है। बचपन से ही यह बात हर बच्चे के मन में ठूंस-ठूंस के भर दी जाती है। इसलिए वह पढ़ाई-लिखाई से ज़्यादा अपने घर, खेती-बाड़ी और हरहा (जानवर) की देखभाल में लगाया करते थे। फिर जब वक्त मिलता था तो उन्हें पढ़ने के लिए भेजा जाता था। अध्यापक भी इस बात की मौज लेने से नहीं चूकते थे। आज भी वही हो रहा था।

लेकिन पोस्टमैन को मास्साब के हँसने और मौज लेने से कोई फ़र्क नहीं पड़ रहा था। वह अपनी तरकीब पर अमल करने आया था। उसे तो बस सालाना परीक्षा में पास होकर अपनी धाक जमानी थी। ''नहीं, मास्साब आज थोड़ा खेतहा गए रहे। वहाँ से चना का साग लाए हैं, आपके लिए।''

वह झोले में किताब की बजाय चने का साग भर के लाया था। उसने झोला मास्साब को पकड़ा दिया। मास्साब बहुत खुश हो गए थे। इतना खुश कि एक रुपया का पान मसाला उन्होंने बगल में थूककर कहा, ''वाह भाई बंटी, बड़े दिन से चना का साग खाए का मन रहा। तुम ले आए, बहुत बढ़िया।''

पीठ थपथपाते हुए बोले, ''जाओ बैठो पीछे।''

अब मास्साब इससे पहले कुछ बोलते कि थोड़ी देर बाद पोस्टमैन ने उनकी बेटी, जो शहर में पढ़ती थी, उसका ज़िक्र छेड़ दिया, ''कल हमने जानी दीदी को देखा था, आई है का ?''

अब क्या था, मानो पोस्टमैन ने मास्साब की वही नस पकड़ ली हो, जो उसे पकड़नी थी। आखिर मास्साब के बच्चों को उनके विद्यार्थी समान रूप से प्यार करते हैं, जितना वे अपने घर के बच्चों को भी नहीं करते।

मास्साब की खुशी का ठिकाना नहीं था, ''हाँ, आई है। अभी उसकी छुट्टी हुई है। बहुत मेहनती बिटिया है। अब कह रही है, आईआईटी की तैयारी करबे। बहुत पैसा लागी उसमें। पर हमहू कह दिया, बिटिया जौन करे का है करो। पूरे गाँव का नाम रोशन करो।''

इसमें रही-सही कसर पोस्टमैन जोड़ दिया, ''जानी दीदी पढ़े में भी तो बहुत होशियार हैं। उनके जितना तेज़ पूरे गाँव में कौनो नहीं है।''

अब तो मानो मास्साब का सीना फूल के छप्पन इंच का हो गया था। वह पोस्टमैन को गले ही लगा लेना चाहते थे। पर मास्टर और विद्यार्थी के सम्बन्ध का लिहाज़ करते हुए उन्होंने खुद को रोक लिया। पर बचा-खुचा पान मसाला थूककर बोले, ''सो तो है, जानत हो पिछले साल वह एकीकृत परीक्षा में पूरे ज़िला में टॉप की थी। पूरे गाँव के लिए ये गौरव की बात है।''

पोस्टमैन उनकी बातों को बहुत ध्यान से सर हिलाकर सुन रहा था और मास्साब मारे खुशी के अपने दिल की बात बताए जा रहे थे।

अब यह पोस्टमैन का हमेशा का काम हो गया था कि वह जब भी स्कूल जाता तो मास्साब के लिए कुछ-न-कुछ लेकर जाता। और उनसे उनकी बेटी

की पढ़ाई का ज़िक्र ज़रूर छेड़ता।

एक दिन मास्साब सबसे पहाड़ा सुन रहे थे और जो नहीं सुना पा रहा था उसके पोट लाल हो रहे थे। स्वतंत्र बहुत चालाक बंदा था। इससे पहले कि उसका नंबर आता वह मास्साब के पास गया, ''मास्साब लघु शंका कर आएँ?''

''अबे, हमें गदहा समझे हो का? या जौन करे जा रहे हो, या हम करके छोड़ दिया है। तुम्हें पता होआ चाही कि तुम जिस स्कूल मा पढ़त हो, वहाँ के हेड मास्टर हैं हम,'' मास्साब ने उसकी चालाकी पकड़ ली।

''नहीं मास्साब! सही में लगी है, बड़ी ज़ोर की,'' वह अपने पैंट की चेन में ऐसे हाथ रख के खड़ा हो गया जैसे छूटने वाली हो।

''चलो, अच्छा सत्रह का पहाड़ा सुना दो फिर जाओ।''

अब तो यह तीर उल्टा पड़ गया स्वतंत्र को, न वह पहाड़ा पूरा सुना पाया न सूसू जा पाया। मार पड़ी धड़ाधड़ सो अलग से। स्वतंत्र का यह हाल देखकर किसी विद्यार्थी की हिम्मत नहीं थी कि उठकर कहीं जाने के बारे में पूछ सके। पर जो कोई न करे सो करे पोस्टमैन। हारकर जीतने वाले को बाज़ीगर कहते हैं और तिली में से तेल जो निकाल ले उसे पोस्टमैन कहते हैं। उठे पोस्टमैन, ठीक एक हीरो की तरह, जैसे सन्नी देओल खड़ा होता है सीना तानकर।

मास्साब उसे अपनी तरफ़ आता देखकर बोले, ''देखो, ये पोस्टमैन साहब बहुत चालाक बनत हैं। तुम्हें दो नंबर तो नहीं जाना है?''

बच्चे उसे सन्नी देओल की तरह जाता हुआ देख रहे थे, वे एकदम से जॉनी लीवर की तरह उसका उपहास उड़ता देख हँस पड़े।

''मास्साब, कल हमरी अम्मा जानी दीदी के लिए सफड़ी (अमरूद) तोड़कर लायी रही। पर यहाँ लाना भूल गए हैं। अभी-अभी याद आया। जानी दीदी को कल जाना है कानपुर तो सोच रहे हैं कि अभी भाग के जाएँ और घर से सफड़ी ले आयें। हमरी अम्मा खुद तोड़ के लायी थी, बोली थी कि बिटिया का कानपुर में देशी सफड़ी न खाए का मिलत होई। या लिए सफड़ी ले जाना। अगर आप आज्ञा दें तो हम दो मिनट में गए और एक मिनट में आये। न जाएँ मा देर लागी न आवें मा।''

जैसे ही मास्साब ने अपनी बिटिया के लिए अमरूद लाने के बारे में सुना तो झट बिना सोचे-समझे जाने की अनुमति दे दी। मानो पोस्टमैन ने मास्साब का दिमाग हैक कर लिया हो।

पोस्टमैन भागता हुआ तो गया पर आया उस वक्त जब स्कूल की छुट्टी होने वाली थी। इस तरह उसने अपने मास्साब को अपने जाल में फँसा लिया था और उसका परिणाम यह हुआ कि पोस्टमैन सच में मोहल्ले का सबसे बुद्धिजीवी लड़का घोषित हुआ जो बिना पढ़ाई किए ही सालाना परीक्षा में पास हो गया था।

# 4

## सबसे ताकतवर हीरो

ऐसा नहीं था कि उस गाँव में रहते हुए 'पागल है' को सिर्फ़ कठिनाई का ही सामना करना पड़ा था। एक वक्त आने पर पोस्टमैन एंड कंपनी उनकी मित्र भी बन गयी थी। क्योंकि पहले ही मैंने आपसे छूट ली हुई है, इसलिए मित्र कैसे बने, क्या हुआ? इस पर आगे बताऊँगा। अभी यह जान लीजिए, एक बार वाद-संवाद में 'पागल है' ने दौलतपुरवा के सबसे होशियार ग्रुप पोस्टमैन एंड कंपनी को हरा दिया था।

बात तब की है जब आशिक के घर पर सलोरा ब्लैक एंड वाइट टीवी लग गया था। अब आशिक का भौकाल बढ़ चुका था। यहाँ तक कि खबरीलाल और पोस्टमैन भी उसे इज़्ज़त देने लगे थे। अब मैच रेडियो पर नहीं सुना जाता था बल्कि टीवी पर देखा जाता था। हर शुक्रवार दूरदर्शन पर रात में एक फ़िल्म आया करती थी। फ़िल्म भले ही फ़्लॉप से फ़्लॉप रही हो पर उसका प्रचार कुछ यूँ हुआ करता था—लक्स सुपरहिट फ़िल्म 'नाचे नागिन गली गली' के प्रायोजक हैं फलां-फलां!

खबरीलाल का सबसे पसंदीदा हीरो धर्मेन्द्र था और उसकी सबसे पसंदीदा फ़िल्म 'शोले' थी। आशिक में अब आशिकी के लक्षण बढ़ते चले जा रहे थे। अत: इसका सबसे पसंदीदा हीरो गोविंदा था और गोविंदा की सभी फ़िल्में जैसे—हीरो नंबर-1, कुली नंबर-1, राजा बाबू—इसकी पसंदीदा फ़िल्में थीं। इससे फ़र्क नहीं पड़ता था कि उसने यह फ़िल्म देखी है या नहीं। इसे गोविंदा पर इतना ज़्यादा विश्वास था जितना इसके बाप को इस पर नहीं होगा। पोस्टमैन सबसे चालाक व्यक्ति था। इसके पसंदीदा हीरो थे सनी देओल और इसकी

पसंदीदा फ़िल्म थी 'दामिनी'। गदहा अपने नाम की तरह ही अजय देवगन को पसंद करता था और इसकी पसंदीदा फ़िल्म थी 'फूल और कांटे'। जबकि 'पागल है' के पसंदीदा हीरो थे 'रजनीकांत'।

अब पोस्टमैन, खबरीलाल, आशिक और गदहा के बीच टीवी की बातें होने लगी थीं और इस विषय में काफ़ी ज़ोर दिया जाता था कि सबसे ताकतवर हीरो कौन है? एक दिन यह विषय फिर से उठ गया था।

उस दिन मुद्दा आशिक उठाये रहे, ''गोविंदा की नयी पिक्चर आई है, 'बड़े मियाँ छोटे मियाँ'।''

तभी गदहा अपना दिमाग लगा दिए और बीच में बोल पड़े, ''बिना फ़ाइटिंग, मारधाड़ के पिक्चर कौनो पिक्चर होती है।''

उस वक्त आशिक को छोड़कर सभी इस बात पर एकमत थे कि बिना मारधाड़ के कोई पिक्चर, पिक्चर नहीं होती है। इतने में खबरीलाल बोल पड़े, ''यही सब देखना है तो भोगिल और टेलर की दुलहिन काफ़ी नहीं आये का? मुफ़्त की फ़िलम है।''

सब ठहाका मार के हँस पड़े। अब गदहा का सीना चौड़ा हो गया था, पहली बार किसी ने उसकी बात पर सहमति जताई थी, गर्दन झटकते हुए वह इस वक्त को भुना लेना चाहता था और गली पर तुरंत चौका जड़ देना चाहता था, ''मार-धाड़ वाली पिक्चर मा जब फ़ाइटिंग होती है, मज़ा आ जात है! देखे नहीं रहेव अजय देवगन कैसे खलनायक का मारत रहे। सच मा अजय देवगन के एत्ती ताकत हुई जाए तो मज़ा आ जाये।''

मानो खबरीलाल गदहा के बोलने का इंतज़ार कर रहे थे, बिना देरी किये उन्होंने ठीक वैसे ही उस चौके को रोका जैसे एक क्षेत्ररक्षण करने वाला खिलाड़ी अच्छी डाइव लगाकर गेंद रोक देता है, ''धत तेरे की अजय देवगन के पास केत्ती ताकत है। पातर पातर तो है, धरमेंदर की बॉडी देखे हो? धरमेंदर एक मुक्का मारी तो अजय देवगन दुई गुलांटी खा के नीचे गिरिहें।''

गदहा ऐसे कैसे हार मान लेता। उसने इतना बढ़िया शॉट मारा था चार रन नहीं तो कम-से-कम एक रन भाग के तो ले ही लेना चाहता था, ''पातर है तो का भा? तुम नहीं देखे कैस फ़ाइटिंग मारत है अजय देवगन। चाहे पोस्टमैन से पूछ लेव।''

अब मुद्दा एक बार फिर से पोस्टमैन के पास पहुँच गया था। सबकी निगाहें

पोस्टमैन पर टिकी थीं कि पोस्टमैन क्या निर्णय देगा। तभी पोस्टमैन बोल पड़ा, ''तुम सब गदहा हो! सबके सब चरस बो रहे हो। सबसे अधिक ताकत सनी देओल के है।'' पोस्टमैन ने अंपायर की भाँति गदहा को रन आउट करार दे दिया था।

अब सब चुप हो गए क्योंकि सभी को 'दामिनी' फ़िल्म का 'ढाई किलो का हाथ' वाला डायलॉग पोस्टमैन ने कई बार सुनाया था। और सभी ने स्वीकार कर लिया था कि सनी देओल भले ही धरमेंदर का लड़का होए पर धरमेंदर अब बूढ़ा हो गया था। आगे चलकर सन् 2001 की 'ग़दर' फ़िल्म ने पोस्टमैन की बात को पूर्ण रूप से पुख्ता भी कर दिया था। इससे पहले कि हर कोई सर्वसम्मति से पोस्टमैन की बात को मानकर सनी देओल को सबसे ताकतवर हीरो स्वीकृत कर लेता उसी वक्त पीछे से उनके नए नवेले दोस्त 'पागल है' दूर से आते हुए दिखाई पड़े। पोस्टमैन एवं खबरीलाल इस तथ्य से पूरी तरह अवगत थे कि 'पागल है' का पसंदीदा हीरो रजनीकांत है। इससे पहले सबसे ताकतवर हीरो का प्रश्न उससे किया जाता, पोस्टमैन और खबरीलाल पहले ही खिसक लिए। आशिक और गदहा को भी उनकी बात समझ आ गयी थी और उन्होंने इस चर्चा के विजेता 'पागल है' का दिल खोलकर स्वागत किया था।

खैर, जब पोस्टमैन, खबरीलाल और 'पागल है' चले गए तो अब बचे थे आशिक और गदहा! गदहा एवं आशिक साथ हों तो रोमांस की बात न हो, ऐसा संभव नहीं था।

'सबसे ताकतवर हीरो कौन है?' की जगह अब रोमांस ने ले ली थी। गदहा के मन में प्रश्न आया था, ''भाई ये बताओ कि जौन हीरो हेरोइन एक-दूसरे से लिपट जात हैं तो उनके अम्मा-बाबू कुछ नहीं कहत आये।''

बात तो सोचने वाली थी, अगर दो नौजवान युवक-युवती एक-दूसरे से लिपट जाते हैं, प्रेम करते हैं तो उनके घरवालों की क्या प्रतिक्रिया होती होगी? गदहा और आशिक के लिए यह सोच का विषय था। आखिर यह सब तो गन्दी बात है! उनके गाँव में तो एक लड़का-लड़की के एक-दूसरे को देख भर लेने से गाँव में अफ़वाह फैल जाती है कि वह लौंडा बिगड़ गया और वह लड़की चरित्रहीन है। आशिक सोच में पड़ गया था। आशिक सिर्फ़ नाम से आशिक थे, उन्हें आशिकी का धेला भर ज्ञान न था। लेकिन, उन्होंने दिमाग दौड़ाया और वह अपने अनुभवों एवं कल्पना के माध्यम से एक निष्कर्ष पर पहुँचा तथा उसे एक कहानी में लपेटकर कुछ यूँ सुना दिया, ''एक बार शहर गया था। वहाँ

पड़ोस के चच्चा रहे। उनका बड़ा लड़का मुम्बई में बहुत बड़ा हीरो है!! उई बात करत रहे कि जब ऐसा कौनो सीन आवत है तो बीच मा शीशा लगा दीन जात है। तो ऐसा लागत है कि दूनो चिपक रहे हैं, पर शीशा की वजह से असल में चिपकते नहीं हैं।''

इस बात पर गदहा ने सहमति जता दी थी। आखिर बात भी आशिक ने सही की थी, अगर दोनों चिपक जाएँ तो उनके अम्मा-बाबू लाठी ले के दौड़ जायेंगे। और उनके परिवार की पूरे शहर में छीछालेदर हो जायेगी। आखिर गन्दी बात तो गन्दी बात होती है।

## गर्मियों की छुट्टी और बम्बई वाला दोस्त

अब आप सोच रहे होंगे कि 'पागल है' और पोस्टमैन एंड कंपनी जो दो विपरीत ध्रुव थे। उनकी मित्रता कैसे हो गयी? आपको ले चलता हूँ इंग्लैंड में खेले गए उस क्रिकेट विश्वकप की गर्मियों में जब गाँव में बम्बैया आया हुआ था। बम्बैया नहीं समझते? चलिए बताते हैं, हर गाँव में एक लड़का ऐसा ज़रूर होता था जो बम्बई या दिल्ली से गर्मियों की छुट्टियों में घूमने आया करता था। बच्चों के बीच में उसकी उतनी मेहमाननवाज़ी हुआ करती थी जितनी किसी खूबसूरत लड़की की हो सकती थी। जिस तरह लड़की के चारों तरफ़ भौंरे टहलते रहते हैं वैसे ही उस लड़के के चारों तरफ़ मोहल्ले के बच्चों का जमावड़ा रहता था और वह अपनी लंतरानी झाड़ता रहता था। यह तय मानिए कि उस बच्चे को शहर में कोई पूछता नहीं होगा पर वह गाँव आकर हॉट बॉय हो जाता था। ऐसा ही इस मोहल्ले में शीलू नामक लड़का बम्बई से गर्मियों की छुट्टियों में आया हुआ था। भले ही चार साल पहले बॉम्बे का नाम बदलकर मुंबई हो गया हो लेकिन गाँव के लोग अभी तक इसे बम्बई ही बोलते थे। बम्बई में रहने की वजह से बच्चे उसे बम्बैया कहकर पुकारते थे। वह हमेशा साफ़-सुथरे नए कपड़े पहनता था। शायद वे कपड़े उसकी मम्मी कभी बम्बई में पहनने को नहीं देती होंगी, साल भर संदूक में इसीलिए रखे जाते होंगे ताकि जब छुट्टियों में वह गाँव जाएगा तो पहना करेगा। इसके पीछे कारण यह हुआ करता था कि गाँववालों को तनिक भी एहसास न हो कि रहने वाले बम्बई के और पहनावा-ओढ़ावा गाँववालों की तरह है। वह भले ही बम्बई की झोपड़पट्टी में रहता हो पर उसके बारे में बच्चों के बीच यह बात फैली थी कि उसके घर के पास अजीत अगरकर रहता है

और उसके पार्क में आकर क्रिकेट खेलता है। असल में यह बात फैली नहीं थी बल्कि बम्बैया ने खुद फैलाई थी। हुआ कुछ यूँ था कि एक बार उसने अजीत अगरकर को कार से जाते देख लिया था। फिर जब वह गाँव आया तो उसने अपना भौकाल यह कहकर टाइट किया था कि वह अगरकर के साथ क्रिकेट खेलता है। सब बच्चे पूछने में जुट जाते थे कि वह कैसा दिखता है, कितने लम्बे हाथ हैं और कितनी तेज़ गेंदबाज़ी करता है। फिर बम्बैया अपनी कल्पना शक्ति का सहारा लेता और जो मन में आता उसे ज़ुबान से बयान कर देता। सब बच्चे बम्बैया की बात को बड़े गौर से सुनते थे। इस तरह की झूठी बातों से उसे बहुत सम्मान मिलने लगा था, इसलिए वह हर साल एक नया झूठ पकाकर लाता और गर्मी में छुट्टी भर वही परोसता। खास बात यह थी कि वह एक बार जो बोल देता था वह पत्थर की लकीर हो जाती थी और उस बात से कभी पलटता नहीं था। जिसका फ़ायदा यह हुआ कि उसका झूठ कभी पकड़ा न गया। जब भी मौका पाता तो टूटी-फूटी अंग्रेज़ी झाड़ने लगता।

एक दिन पोस्टमैन भैंस चराने गया था, वहीं पर गदहा भी खड़ा उससे बात कर रहा था। तभी बम्बैया लोटा लेकर खेत की तरफ़ आ रहा था। पहले तो बम्बैया कुछ नहीं बोला, उसे बड़ी ज़ोर की लगी थी और उसका ध्यान पूरी तरह से अपने लक्ष्य पर था। जब वह अपनी शंका से निवृत्त होकर वापस आ रहा था तो उसने देखा कि पोस्टमैन जामुन के पेड़ पर चढ़ा जामुन झाड़ रहा है तथा गदहा उन्हें बीन रहा है। वह वहीं पर आकर खड़ा हो गया। ठीक उसी तरह अगर कोई उससे पूछ ले तो वह भी जामुन चख ले। दूसरी तरफ़ गदहा और पोस्टमैन के मन में यह विचार चलने लगा कि किसी तरह बम्बैया से बात की जाए। आखिर बम्बैया से दोस्ती करना बड़ी बात थी। उनकी नज़रों में उसकी औकात बहुत बड़ी थी। आग दोनों तरफ़ लगी थी।

दोनों तरफ़ से खामोशी छाई रही। हालाँकि, दोनों तरफ़ बात करने को लेकर उत्सुकता थी पर पहले आप पहले आप वाला हाल था। बम्बैया वैसे ही खड़ा देखता रहा और पोस्टमैन भी वैसे ही जामुन झाड़ता रहा। इस खामोशी को तोड़ने का काम गदहा ने किया, उससे रहा न गया, ''जामुन खईहौ ?''

बम्बैया तो इसीलिए खड़ा ही था, उसको हामी भरने में देर कहाँ लगने वाली थी।

उसने अपनी शर्ट के नीचे के दो बटन खोले और शर्ट को टपोरियों के

अंदाज़ में बाँध कर 'टशन' से जामुन बीनने लगा। इतना करने के पीछे गाँववालों को नया अंदाज़ दिखाना भी था। दौड़-दौड़ कर वह जामुन बीनता और यह बताने से नहीं चूकता कि बम्बई में जामुन बहुत महंगे हैं। उसने बम्बई के वड़ा पाव के बारे में भी बताया था। इस बीच आशिक भी वहाँ पहुँच गए थे। आशिक पहुँचे और आशिक मिज़ाज बातें न हों, ऐसा हो नहीं सकता। आखिरकार बात आ पहुँची किस पर। उसने बताया कि बम्बई में लड़के-लड़कियों का साथ घूमना, चूमना सब आम बात है। ये बातें वहाँ पर गन्दी बात की श्रेणी में नहीं आतीं। उसकी बात हर कोई कान लगाकर सुन रहा था और किसी की भी हिम्मत नहीं थी कि उसकी बात को काट दे। यह बात सुनकर आशिक की आँखें खुली की खुली रह गयीं। अब उसने मन में ठान लिया था कि वह खूब पढ़-लिखकर बम्बई में नौकरी करेगा। और फिर वह बम्बई में ही रहेगा क्योंकि बम्बई में गन्दी बात करने की खुली छूट है। दूसरी तरफ़ मोहल्ले के नेता ने भी आँखों ही आँखों में अपने गुरु को नतमस्तक कर लिया था। पोस्टमैन की कुर्सी उस बम्बैया ने छीन ली थी। आखिर बम्बैया ने देश-दुनिया देखी थी। इस बात का इतिहास गवाह है कि कागज़ से अर्जित ज्ञान पर हमेशा अनुभव ने विजय पायी है। पोस्टमैन को इस बात की खुशी थी कि बम्बैया सिर्फ़ एक महीने इस पद पर विराजमान रहेगा बाकी ग्यारह महीने तो उसकी ही रंगबाज़ी चलनी है।

जब बम्बैया ने पेट भर जामुन खा लिये और लोटा भर लिया तो वह अपने हाथ की उँगलियाँ हिलाकर टाटा कहते हुए चल पड़ा। गदहा, आशिक और पोस्टमैन को इस बात की खुशी थी कि बम्बैया अब उनका दोस्त बन गया है। गदहा को उसका टाटा करना बहुत भाया था। वह रात में यही सोचते हुए सोया था कि अब वह किसी से जब टाटा करेगा तो ठीक इसी तरह करेगा। आज आशिक ने टी-शर्ट पहनी हुई थी पर वह अगले दिन सुबह का इंतज़ार कर रहा था कि शर्ट के नीचे के बटन खोलकर टपोरियों की तरह शर्ट में गाँठ बाँधेगा।

अगले दिन की सुबह हो गयी थी। सभी ने अपने मन के काम करने शुरू कर दिए। आज मोहल्ले का एक लड़का अपनी नानी के घर छुट्टियों पर जा रहा था, गदहा ने उसी तरह उँगलियाँ हिलाते हुए उससे टाटा किया था। आशिक ने एक शर्ट पहनी थी और नीचे के बटन खोलकर उस पर गाँठ बाँध ली थी। अब बस उन लोगों को इंतज़ार था कि उनका नया दोस्त कब घर से निकले और दोस्ती आगे बढ़े। देर सबेर नया दोस्त आ ही गया। बात होने लगी। बात हो ही

रही थी कि तभी वहाँ से 'पागल है' गुज़र रहा था। उसे देखते ही पोस्टमैन की आवाज़ निकली, ''देखो 'पागल है' आ गया।''

बम्बैया ने तुरंत मना किया, ''वह पागल नहीं है।''

ऐसा सुनते ही पोस्टमैन को अपनी सीट फिर से मिलती हुई प्रतीत हुई, वह अपनी सीट झट से पा लेना चाहता था और सबके सामने बम्बैया को गलत साबित कर देना चाहता था। ''वो पागल ही है।''

बम्बैया ने फिर से ज़ोर देते हुए कहा, ''मैं कह रहा हूँ ना, वह पागल नहीं है।''

पोस्टमैन हँसने लगा, ''अभी देखना मैं इससे कुछ बोलूँगा और यह पत्थर लेके दौड़ेगा। ऐसा कौनो पागले ही कर सकत है।''

बम्बैया ने फिर से रोका, ''तुम हो अकल से पैदल। कहो हाँ! वो पागल नहीं है।''

यह बात मानो पोस्टमैन के दिल पर लग गयी हो। अब वह बम्बैया को पूरी तरह से परास्त कर देना चाहता था, ''तुम कैसे सिद्ध कर सकत हो। अगर तुम कर देव तो जानी।'' पोस्टमैन ने शर्त रख दी थी ताकि जब वह शर्त जीते तो पूरे मोहल्ले में फैल जाए कि बम्बैया पोस्टमैन से शर्त हार गया और पोस्टमैन ही इस मोहल्ले का सबसे बुद्धिजीवी लड़का है।

''तुम लोग रुको, मैं बात करके आता हूँ। वहाँ मत आना।''

वह 'पागल है' के पास धीरे से पहुँचा और बोला, ''नमस्कारा, हेगिदिरा?'' (नमस्कार, कैसे हो?)

'पागल है' ने जैसे ही अपनी भाषा सुनी वह सन्न रह गया। मानो उसे कोई अपना मिल गया हो। वह मन-ही-मन इतना खुश हो रहा था जैसे उसे गले लगा ले पर उसने खुद को नियंत्रण में रखते हुए जवाब दिया, ''सरियागी नी इदी।'' (ठीक ही है।)

फिर आगे बम्बैया ने प्रश्न किया, ''एन नीं उटा मड़िदया?'' (क्या तुमने खाना खा लिया?)

उसने जवाब दिया, ''हाँ, उटा माड़िदे।'' (हाँ खा लिया )

''निन्ना हेसुरु एनु?'' (तुम्हारा क्या नाम है? )

''गोविन्द।''

बम्बैया को बस इतना ही पता था। अब वह फिर से उँगलियाँ हिलाते

हुए बाय कहकर वापस चला आया। सबके अचरज का विषय यह था कि उस 'पागल है' ने भी उससे टाटा किया। अब तो पोस्टमैन की कुर्सी हिल चुकी थी। हिल क्या चुकी थी धड़ाम से मुँह के बल गिर चुकी थी। पर गदहा, आशिक तथा खबरीलाल को यह पचा पाना मुश्किल था कि यह कैसे हुआ?

अब गदहा से रहा नहीं गया तो उसने तुरंत बम्बैया से पूछ ही लिया, "ये कैसे हो गया? ये सबको तो पत्थर से मारता है। तुमसे टाटा कैसे कर लिया?" गदहा किसी तरह बम्बैया के सामने कच्ची-पक्की अंग्रेज़ी बोलने की कोशिश करता। ताकि बम्बैया को यह लगे कि वह सिर्फ़ गाँव में रहने वाला नहीं है, थोड़ा शहरातू भी बोल लेता है या फिर इसे ये भी कह सकते हैं कि अंग्रेज़ी पोंकने (झाड़ना) की कोशिश करने लगता।

बम्बैया कुछ देर चुप रहा। उसकी चुप्पी देख गदहा ने अपने उस ब्रह्मास्त्र का प्रयोग किया जो वह पोस्टमैन और खबरीलाल के लिए किया करता था। "बता देव, आज हम तुम्हें पानी के बतासा खिलाएंगे।"

इतना सुनते ही बम्बैया हँस पड़ा। सबके कान बम्बैया की तरफ़ लग गए। पोस्टमैन भी अपनी रग-रग में अपनी हार स्वीकार करके उसकी बात सुनने लगा, "बम्बई में हमारे बगल में एक कन्नड़ परिवार रहता है, वे भी आपस में लगभग ऐसे ही बातें करते हैं। मैंने इसे बोलते हुए सुना था पहले। पर वे लोग अच्छी हिन्दी भी जानते हैं। यह हिन्दी नहीं जानता है।"

इतना सुनते ही आशिक ने पूछ लिया, "तो का तुम्हें ओखेर भाषा आवत रही?"

बम्बैया, असल में उसने दो-चार शब्द और वाक्य उन पड़ोसियों से सीख लिए थे। बस उसे उतना ही पता था। इसलिए तीन प्रश्न करने के बाद बम्बैया तुरंत अपनी इज़्ज़त बचा कर वापस आ गया था। परन्तु वह अपना भौकाल टाइट करना नहीं भूला, "हाँ, उन पड़ोसियों से मैंने कन्नड़ भी सीखी है। मैं बोल लेता हूँ।"

अब तो बम्बैया का भौकाल बहुत टाइट हो गया था। बम्बैया सच में एक बहुत ही होनहार लड़का था। सबकी नज़रों में उसके लिए सम्मान और भी बढ़ गया था।

## 'पागल है' दोस्त बना

अब 'पागल है' को दो ऐसे लोग मिल गए थे जिनमें उसे खुशियाँ दिखने लगी थीं। पहली वह गजरे वाली सांवली लड़की और दूसरा बम्बैया लड़का।

वह लड़की इसलिए कि उसके रंग और पहनावे में उसे अपनापन दिखता था और बम्बैया लड़के ने एक-दो जो बातें कीं वह उसे अपनी लगती थीं। पहले उसकी जो निगाहें सिर्फ़ उस लड़की को ही ढूँढ़ती थीं, अब वे बम्बैया को भी ढूँढने लगी थीं।

बम्बैया अपने गैंग पोस्टमैन, खबरीलाल, आशिक और गदहा के साथ बैट-बॉल खेल रहा था। 'पागल है' ने दूर से उसे खेलते हुए देखा। उसे बम्बैया को देखते ही ऐसा लगता जैसे कोई अपना मिल गया हो। उसे कोई समझने वाला मिल गया हो। पहली बार किसी ने उसे चिढ़ाने की कोशिश करने के बजाय थोड़ा-बहुत समझने की कोशिश की थी। उसने दो-चार शब्द जो बोले थे, वे कुछ-कुछ अपने लगे थे। और सबसे बड़ी बात पहली बार कोई ऐसा व्यक्ति मिला था जो उसे 'पागल है' के झूठे आवरण से अलग देखता था। जहाँ वे लोग बैट-बॉल खेल रहे थे, उनसे दस लाठी दूर वह खड़ा हो गया। गदहा उसे देखते ही डरने लगा था। इसलिए वह ठीक उसके विपरीत अधिकतम दूरी पर खड़ा हो गया था और बम्बैया उसके पास खड़ा हो गया था। जब खबरीलाल ने गेंद मारी तो बम्बैया ने उससे इशारों में ही गेंद उठाकर लाने के लिए कहा। वह दौड़कर गया और गेंद उठाकर बम्बैया को दे दी। अब जब भी गेंद दूर जाती तो 'पागल है' दौड़ कर जाता और गेंद उठाकर दे देता।

धीरे-धीरे यह दिनचर्या बनने लगी थी। अब 'पागल है' उन पाँच सदस्यों के ग्रुप में सेंध मार चुका था। अभी तक उसने पूरा प्रवेश तो नहीं किया था। पर उसने उन पाँचों से डरना कम कर दिया था तथा उन पाँचों ने उसे परेशान करना बंद कर दिया था। इसके बदले इशारे में जो भी कहा जा सकता था, वह बात सुनने लगा था।

पोस्टमैन को एक दिन ख़याल आता है,''का या आपन भाषा नहीं बोल सकत आए का?''

बम्बैया वहीं खड़ा था, उसने तुरंत गुरु की भूमिका निभाई, ''जैसे हम उसकी भाषा सीख सकते हैं, तो वह भी हमारी भाषा सीख सकता है।''

पोस्टमैन की आँखों में चमक आ गई थी, ''क्यों खबरीलाल, अगर ई 'पागल है' का आपन भाषा सिखा दी जाए तो इससे जो कहिबे हर काम करे लागी।''

खबरीलाल ने सहमति जता दी थी। उस वक्त आशिक और गदहा भी वहाँ खड़े थे। आशिक और गदहा भी खुश हो गये। गदहा ने कहा, ''अगर धूप में

दुकान जाए का मन न होई तो इसी से कह देंगे, यही ले आई।''

पर अब सबसे बड़ी समस्या यह थी कि इसे हिन्दी सिखाई जाए तो कैसे सिखाई जाए। तभी आशिक ने पहली बार बुद्धिमानी का परिचय दिया। उसने सुझाव दिया, ''जिस तरह बच्चों को सिखाते हैं, हर चीज़। केला दिखाकर बताते हैं कि यह केला है। शरीर के अंगों पर हाथ रखकर बताते हैं कि यह नाक है, आँख है या कान है।''

सबकी आँखों में चमक आ गई थी। अब सबने यह दृढ़ निश्चय कर लिया था कि जब भी वे लोग खेलेंगे तो उससे हिन्दी में बात करेंगे और हर रोज़ हर कोई उसे पाँच नए वस्तुओं के नाम बताएगा! धीरे-धीरे वह देखकर खुद ही सीख जाएगा।

चार सालों में ऐसा हो गया था कि 'पागल है' थोड़ी-बहुत हिन्दी समझने लगा था। पर कोई उसे समझता ही नहीं था। जिस वजह से न वह हिन्दी बोलने की कोशिश करता और न ज़रूरत समझता। उसने अपनी ज़िन्दगी को इसी तरह कैद कर लिया था। आखिर बचपन में जब हाथी के बच्चे को एक रस्सी से बाँध दिया जाता है और वह कुछ प्रयासों से रस्सी नहीं तोड़ पाता तो वह उसे ही अपना जीवन मान लेता है। उसके बाद जब वह बड़ा हो जाता है, दीवारें तोड़ने के काबिल हो जाता है। फिर भी रस्सी तोड़ने की हिम्मत नहीं जुटा पाता और वह उसे ही अपनी नियति मान बैठता है। कुछ ऐसा ही गोविन्द के साथ हुआ था। उसने खुद को 'पागल है' के रूप में ढाल लिया था। उसे अब किसी बात से परेशानी भी नहीं होती थी। लोगों द्वारा परेशान करने को अपनी नियति मान चुका था। मुखिया जी के लिए काम करना अपनी नौकरी मान चुका था क्योंकि उन्होंने तब उसका साथ दिया था जब वह खेतों में फेंका हुआ भोजन खाने जा रहा था। जब उसको प्यास बुझाने के लिए गंदे तालाब का पानी पीना पड़ा था। अब वह 'पागल है' बनकर ही खुश था। यही उसकी नियति हो गयी थी और यही उसका जीवन!

खैर, दो विपरीत ध्रुव के लोग मित्रता की ओर बढ़ने लगे थे। एक ओर वाजपेयी जी ने पाकिस्तान से मित्रता का हाथ बढ़ाया था और कश्मीर से बस सेवा प्रारंभ कर दी थी वहीं 'पागल है' अब इन पाँच बच्चों का दोस्त बन गया था। अब इन लोगों से दोस्ती का असर यह हुआ कि वह हिन्दी को स्वीकारने लगा। पिछले चार सालों में कोई उससे घुल-मिलकर नहीं रहता था। जिस वजह

से लोगों और भाषा से दूरी बनी हुई थी। लेकिन अब कुछ महीनों से वह उनके लिए गेंद उठाकर देने वाला खिलाड़ी बन गया था। उनकी बातें सुनने लगा था। उनके गाली-गलौज सुनने लगा था। उनकी हँसी के साथ हँसना सीख गया था।

इधर 'पागल है' उन पाँचों का दोस्त बनता जा रहा था और उधर बम्बैया का गर्मियों की छुट्टियों के बाद वापस बम्बई जाने का वक्त नज़दीक आता जा रहा था। उन्हीं अंतिम दिनों में एक शाम गाँव में तेज़ आँधी आई थी। चारों तरफ़ घनघोर घटा छाती जा रही थी, हर सेकंड के साथ अँधेरा होता जा रहा था। आँधी भी बढ़ती जा रही थी। सभी बच्चे खलिहान से खेलना छोड़कर घर वापस आ रहे थे पर बम्बैया की निगाह दूसरी तरफ़ थी। वह खलिहान में खड़ा निहार रहा था, उसकी मम्मी अपनी सहेलियों संग शाम को संध्या करने दूर खेत पर गयी हुई थीं। बम्बई में रहने के कारण वह ऐसे वक्त का कतई आदी नहीं था। इस तेज़ आँधी में जैसे-जैसे अँधेरा होता जा रहा था, उसका मन और तेज़ी से घबराने लगा था। उसे याद आया कि उसके दोस्तों ने बताया था कि गाँव से थोड़ी दूर उस मज़ार में भूत रहता है। रात में वह मज़ार से निकला करता है। उसे याद आया कि उसके चाचा ने तो पूरे आत्मविश्वास के साथ बताया था कि एक बार शाम को जब वह खेत से वापस आ रहे थे तो उन्होंने दूर एक काले रंग का दो लाठी लम्बा भूत देखा था। उनके हाथ में फावड़ा था और उन्होंने हनुमान चालीसा पढ़ना शुरू कर दिया। हनुमान चालीसा और हाथ में लोहा देखकर भूत गायब हो गया था। अब उसके मन में गंभीर चिंता ने घर कर लिया था। उसे याद आया कि मम्मी तो स्टील का लोटा लेकर गयी हैं और संध्या के बाद जब तक वह स्नान नहीं कर लेंगी, तब तक वह हनुमान चालीसा भी नहीं पढ़ेंगी। उसके हाथ-पैर काँप रहे थे। वह दूर तक नज़र दौड़ा रहा था पर उसकी मम्मी और उनकी सहेलियाँ कहीं दिखाई नहीं पड़ रही थीं। उसका मन भयभीत था। वह अपने संपूर्ण अस्तित्व में भूत को महसूस कर पा रहा था। वह अब करे तो क्या करे? क्या उसकी मम्मी आज वापस आ पाएंगी या नहीं? वह रोना चाहता था। जब आप निराश होते हो तो निराशा के कई विचार आपके मन को घेर लेते हैं। अभी वह भूत के डर से निकला भी नहीं था कि उसे बड़े बुज़ुर्गों द्वारा सुनाए गए किस्से याद आने लगे। उसे याद आया कि उसके बाबा ने सुनाया था कि एक बार हरिया की दुल्हिन शाम को तलाए गई रहे तो कुछ बदमाश उसे उठा ले गए थे। अब तो मानो बम्बैया मन-ही-मन टूट गया था। उसने दूर तक

नज़रें उठाकर देखा पर कहीं मम्मी और उनकी सहेलियों का नामोनिशान नहीं था। वह खुद को कोस रहा था कि वह बम्बई से गाँव क्यों आया? घाटकोपर किनारे उसकी झोपड़पट्टी ही बेहतर थी। वहाँ बगल में बने संडास की बदबू ही बेहतर थी। वह क्यों गाँव आ गया? उसने ही अपने घरवालों से गाँव चलने की ज़िद की थी। अब उसकी मम्मी वापस आएँगी भी या नहीं? कहीं भूत? कहीं बदमाश? वह निराश था, थोड़ी दूर कदम बढ़ाता, फिर पीछे पलटकर देखता, आँधी और अँधेरे के कारण घर धुंधला दिखाई पड़ने लगता तो वह पैर पीछे खींच लेता। आखिर अपनी ज़िन्दगी किसी भी ज़िन्दगी से अधिक प्रिय होती है। पर माँ भी उतनी ही प्रिय होती है, वह पैर उस जगह से पीछे भी नहीं हटा रहा था। बस दूर तक इस आशा में देख रहा था, शायद कहीं से मम्मी दिखाई पड़ जाएँ। अब दिख जाएँ, तब दिख जाएँ।

उस वक्त उसे दूर से सिर्फ़ 'पागल है' देख रहा था। वह इस पीड़ा को भलीभाँति समझता था। आखिर वह इतने वर्षों से अपने माँ-बाप से दूर था। उसे इस पीड़ा का भलीभाँति अंदाज़ा था। उसका दिल पसीज गया, आखिर यही तो मानवता है, यही तो इंसानियत है। जब दूसरे का दुःख अपना दुःख लगे। वह बम्बैया के पास गया, आँखों ही आँखों में बातें हुईं। और बम्बैया 'पागल है' के पीछे चल दिया। थोड़ी दूर चले ही थे कि बम्बैया को दूर से कुछ महिलाओं की पायलों की खनक और चुहलबाज़ी सुनाई दी। वह अपनी माँ को पहचानने में देर नहीं कर सकता था, उसके चेहरे पर रौनक आ गयी। उसके मन ने राहत की साँस ली। उसे ऐसा लग रहा था जैसे, उसकी माँ उसे वापस मिल गयी हो। वह बिना देर किए भागता हुआ माँ के पास गया और लिपटकर रोने लगा। वह जमकर रो लेना चाहता था। उसके मन को ऐसा महसूस हो रहा था जैसे उसकी माँ मौत के मुँह से बाहर निकल कर आई है, भूत को हराकर बाहर आयी है, बदमाश को चकमा देकर वापस आई है। आखिर उसकी माँ को भी नहीं समझ आया कि हुआ क्या है? बस उस 'पागल है' ने इस माँ-बेटे के मिलन की जो खुशी थी, उसका एहसास किया था। उसने अपनी आँखों से आँसू पोंछे और वापस अपनी दुनिया की तरफ़ चला आया। जहाँ था उसका बदबूदार गद्दा और एक लोटा, जिसमें पानी लेकर वह सोता था। बस उस रात वह यही सोचते हुए सोया था कि आज कुछ क्षणों में बम्बैया को उसकी माँ तो मिल गयी पर उस 'पागल है' पर ईश्वर कब कृपा दृष्टि डालेंगे? अपने भाग्य को कोसता हुआ वह

कब नींद के आगोश में चला गया। उसे पता ही न चला।

बम्बैया को गर्मियों की छुट्टी खत्म होने के बाद बम्बई गए हुए दो-तीन महीने बीत चुके थे। उस दिन चारों दोस्तों की खुशी का ठिकाना नहीं रहा। उधर सौरव गांगुली ने श्रीलंका के खिलाफ़ विश्व कप के दौरान इंग्लैंड में गेंद गायब करने का ज़िम्मा ले लिया था और इधर खबरीलाल ने सौरव गांगुली की उस पारी को गंभीरता से ले लिया था। खबरीलाल अक्सर ऐसे मारता कि गेंद खो जाए। इस बार भी गेंद झाड़ियों में चली गयी थी। पोस्टमैन ने चिल्लाकर कहा था, '' 'पागल है' गेंद उठा लाओ।''

उसने थोड़ी देर गेंद ढूँढने की कोशिश की, जब नहीं मिली तो पहली बार उसने हिन्दी में कहा था, ''गेंद नहीं मिली।''

यह सुनते ही सबकी आँखों में चमक आ गई थी। सबके चेहरे पर खुशी की लहर दौड़ गयी थी। वे लोग जो प्रयास कर रहे थे, वह सफल हो रहा था। असल में मोहब्बत चीज़ ही ऐसी है। दुनिया की बड़ी से बड़ी चुनौतियों को मोहब्बत के सहारे बदला जा सकता है। जब खुशनुमा माहौल, प्रेम, स्वतंत्रता, सुरक्षा की भावना किसी व्यक्ति के पास होती है तो वह ज्ञान अर्जित करने लगता है। उसे सूर्य की रौशनी दिखाई पड़ने लगती है। उसे जीवन जीने का तरीका दिखने लगता है। उसे नए मार्ग दिखने लगते हैं। कुछ ऐसा ही तो 'पागल है' के साथ हो रहा था। उसे अब वह माहौल मिलने लगा था, जिससे वह खुद को जुदा नहीं बल्कि जुड़ा हुआ महसूस कर रहा था। इस चक्कर में वह उनकी बातों को ढंग से ग्रहण कर रहा था तथा उनका अनुसरण कर रहा था। यहीं से जीवन की राह प्रशस्त होती है।

# 5

## गदहा को परम ज्ञान की प्राप्ति

अब तक गदहा को इस बात का ज्ञान हो गया था—जो बुरे लड़के होते हैं, वे अपने घर से बाहर की लड़कियाँ पटाते हैं। जो बहुत बुरे होते हैं, वे आपस में गन्दी बात भी करते हैं। पर उसे इस बात का विश्वास था कि उसके घरवाले

दुनिया के सबसे संत लोग हैं। वे गन्दी बात तो दूर, उसके बारे में सोचते तक नहीं हैं। उसका जन्म भी भगवान् की कथा सुनकर ही हुआ है।

अभी हाल ही में उसके पापा कारगिल युद्ध के बाद छुट्टी पर आए हुए थे। इस युद्ध में जीत हासिल करने के बाद उनका गाँव में बहुत स्वागत हुआ था। सबसे बड़ी बात कि अब कश्मीर से उनका तबादला भुज में हो गया था। उन्होंने भी सही-सलामत घर वापस आ जाने और अपने तबादले की खुशी में अपने घर पर रात को वीसीआर का इंतज़ाम करवाया था। पूरे मोहल्ले में खबर फैल गयी थी कि आज फ़ौजी के यहाँ वीसीआर लगेगा। बात यह भी फैल गयी थी कि 'दिलवाले दुल्हनिया ले जायेंगे' कैसेट आ रही है। आशिक ने गदहा से सोर्स लगाया था कि अपने पापा से कहके 'बड़े मियाँ छोटे मियाँ' की कैसेट मँगवा ले। पोस्टमैन चाह रहा था कि उसके पसंदीदा हीरो सनी देओल की फ़िल्म आ जाये। पर न गदहा की इतनी हिम्मत पड़ी और न फ़ौजी साहेब ने कैसेट मँगाए।

खैर रात में फ़िल्म लग गयी, फ़ौजी साहेब की छत पर। सब कोऊ खाना-पीना खा के छत पर चढ़ गए रहे। जो दूर-दराज के बच्चे थे उनके मम्मी-पापा ने रात में जाने से मना कर दिया था। जो नज़दीक के बच्चे थे वे छत-छत होकर आके बैठ गए थे। फ़िल्म चल निकली थी 'दिलवाले दुल्हनिया ले जायेंगे'। आगे बैठे थे फ़ौजी, फ़ौजी की बिटिया जो कक्षा बारह में पढ़ती रही, फ़ौजी की दुलहिन और फ़ौजी की अम्मा। फिर उसके पीछे मोहल्ले के चारों नायक बैठे हुए थे—पोस्टमैन, खबरीलाल, आशिक और गदहा। फिर उसके पीछे मोहल्ले के जवान लड़के।

पूरी रात की फ़िलिम के दौरान कई लोग उठते अपनी शंकाएं मिटाने बाहर जाते, पानी पीने जाते और फिर वापस आकर अपनी जगह ले लेते। 'दिलवाले दुल्हनिया ले जायेंगे' के बीच में खबरीलाल को बड़ी ज़ोर की पेशाब लगी। वह घर पर नीचे उतरे। नीचे कमरे की तरफ़ जैसे ही पहुँचे तो उन्हें कुछ आवाज़ें सुनाई दीं। अन्दर गदहा की दीदी के साथ रामबिलासवा रहे। जब उसने चुपके से दरवाज़े से नज़रें गड़ाईं तो देखा दोनों एक-दूसरे के शरीर का रसास्वादन ले रहे थे। यानी पूरा धड़पकड़ काण्ड में लिप्त थे। खबरीलाल की यह आदत बहुत पहले से है कि पहले वह भरपूर आनंद ले लेता था, जब रस निचोड़ने वाला होता था तो पूरी दुनिया में खबर फैला देता था। आज भी जब वह इस शारीरिक रस के आनंद का नयनपान कर चुका तो ऊपर आया और गदहा के कान में जाके

बोला, ''यहाँ तुम 'दिलवाले दुल्हनिया...' का आनंद ले रहे हो, उधर धड़पकड़ काण्ड चल रहा है। नीचे देखो, जाओ रामबिलासवा तुम्हरे दीदी का दुल्हनिया बने से पहले ही दुर्गति किए जा रहा है।''

अब गदहा ने आव देखा न ताव तुरंत नीचे पहुँच गया। जब उसने बिलका से झाँक के देखा तो उस पर बिजली गिर गयी वाला हाल था। अरे यह दीदी जो हमें बड़े-बड़े प्रवचन देती रहती है वह इतना घिनौना काम कर रही है। उसके दिमाग से 'दिलवाले दुल्हनिया ले जायेंगे' तो कहीं बाहर ही भाग चुकी थी। गुस्सा चरम पर पहुँच चुका था। अपना गुस्सा उन्होंने आकर खबरीलाल पर उतारा था। खबरीलाल को नीचे पानी पीने के बहाने बुलाया था और जमके कुटाई की थी। खबरीलाल को ऐसी खबर देना महंगा पड़ गया था। अब खबरीलाल ने कसम खा ली थी कि वह मोहल्ले की खबरें किसी तक नहीं पहुँचायेगा। दूसरी तरफ़ गदहा को ऐसा महसूस हो रहा था कि इस वीसीआर के चक्कर में वह ठग लिए गए। न तो वीसीआर लागत न रामबिलासवा का घर आवें का मौका मिलत।

अब उसे अपनी दीदी पर घृणा का भाव बैठने लगा था। वीसीआर देखने में कतई मन नहीं लग रहा था। बस एक ही बात गूँज रही थी। दीदी कितनी गन्दी है। उसे दो दिन तक न खाना अच्छा लग रहा था न सोना! बस दीदी को देखते ही उसके अन्दर घृणा का भाव भर जाता पर वह कुछ बोल नहीं पाता था। उसने बस उस रात सोच ही लिया था कि अगली सुबह वह दीदी की करतूतों के बारे में अपने मम्मी-पापा को बता देगा। पर उसी रात बात और बिगड़ गयी थी, उसे पूरी रात नींद ही नहीं आ रही थी। मगर उसके मम्मी-पापा को लगा कि गदहा सो गया है। फिर जो उसे देखने को मिला। उसके बाद तो उसे संपूर्ण दुनिया से घिन हो गयी थी। उसे विश्वास ही नहीं हो रहा था कि उसके देवी-देवता जैसे माता-पिता भी ऐसा कर सकते हैं। माँ जो दिन में तीन घंटे पूजा-पाठ में लगाती हैं। कभी भी मुँह से राम नाम के सिवा कुछ निकालती नहीं हैं, पिता जी जो पूरे गाँव को आदर्शवादिता सिखाते हैं वह इतने गंदे व्यक्ति निकल सकते हैं कि अपने घर में ही ये सब गन्दी बातें करते हैं। दीदी तो फिर भी ठीक है, उसने बाहर किसी को तलाशा था। अब तो उसे लगता था कि यह दुनिया फरेबी, झूठे, गंदे लोगों से भरी पड़ी है। यहाँ पर रहने में उसे उबकाई आने लगी थी। उसकी नींद तो गयी ही पर अगली सुबह जब उसकी मम्मी उसे जगा रही थी तो उसे ऐसा महसूस हो रहा था जैसे कोई गुनहगार उसे जगा रहा हो। उसे ऐसा लग रहा था

कि ऐसी गन्दी बातें करने वाली महिला से दूर चले जाना चाहिए।

उसका यह गुस्सा मम्मी के किसी भी काम को करने के लिए कहने पर उभरकर आता पर उसे दबाना पड़ रहा था। अभी मम्मी ने किसी बात के लिए फटकार लगाई थी, ''कितने गंदे बच्चे हो तुम।''

इस बार उससे रहा नहीं गया और उसने भी जवाब दे दिया था, ''आपसे और पापा से कम!! दोनों लोग घर के अन्दर ही रात में गन्दी बात करते हो। छी! छी! अगर मोहल्ले में कौनो से बताए तो का सोची।''

उसकी मम्मी के लिए यह ठीक वैसी ही स्थिति थी जैसे—मोम शॉक और गदहा रॉक!

उस वक्त वह कुछ बोल ही नहीं पायी। पर जब वह ज़्यादा तेज़ हुआ तो कान के नीचे मिले दो कंटाप! और उसकी बोलती बंद हो गयी। हमारे कानपुर में ज़्यादा बोलने वाले के लिए एक ही दवा है कान के नीचे खींच के कंटाप दे दो। उसकी मम्मी ने भी वही किया। वह रोता हुआ बाहर भाग गया।

अब उस कंटाप के बाद पापा-मम्मी से इस तरह की बातें करना उसने बंद कर दिया था। उसके पापा-मम्मी भी सचेत हो गए थे कि लड़के के सामने कुछ नहीं करना है। ऐसे भ्रम में नहीं रहना है कि लड़का सो गया है। परन्तु उसके मन में पापा-मम्मी के लिए सम्मान घट गया था।

जब उससे रहा नहीं गया तो एक दिन उसने यह बात आशिक को बतायी थी। आशिक इस वक्त तक काफ़ी ज्ञानी हो गया था। चुनाव में हार और प्यार में पड़ी मार बहुत सीख दे जाती है। आशिक को भी प्यार में मार पड़ चुकी थी। इस वजह से इन सब के बारे में काफ़ी ज्ञान अर्जित कर लिया था।

उसने समझाना शुरू किया, ''देखो, तुम्हारे पापा की जब मम्मी से शादी हुई होगी तभी तो वे पति-पत्नी बने होंगे। उसके पहले तो अलग-अलग रहे होंगे।''

गदहा को भी बात समझ आई। ठीक ही तो कह रहा है। उसके बाद आशिक ने बताया, ''शादी होती ही इसीलिए है कि यह सब किया जाए।''

अब तो गदहा के मन में लड्डू फूटने लगे, ''माने जो हमारी बीवी होगी। उसके साथ हम कुछ भी कर सकते हैं और वह मम्मी-पापा से कुछ नहीं बताएगी?''

आशिक ने हाँ में स्वीकृति दे दी थी, ''या लिए जो पापा-मम्मी करत हैं वह सिर्फ़ तोहार पापा-मम्मी नहीं करत हैं। हर किसी के पापा-मम्मी करत हैं। शादी बाद तुम भी करिहौ।''

यह बात गदहा के समझ आई थी। किसी भी मान्यता को टूटकर फिर से नयी मान्यता बनने में वक्त लगता है। वैसे ही गदहा का गुस्सा शांत होने में वक्त लगा। पर अब उसे पता चल गया था कि उसका जीवन ऐसे ही नहीं बीत जाएगा। उसे सिर्फ़ पढ़ाई ही नहीं करनी है। बल्कि उसे समय आने पर जीवन में बहुत कुछ करना है। जिसे वह गन्दी बात समझता था असल में गन्दी बात है ही नहीं। पूरी दुनिया को वह बात पता है हर कोई करता है पर इस रहस्य को अब तक उससे छुपाए रखा गया था। अब उसे ऐसा लग रहा था कि उसने जीवन के परम ज्ञान की प्राप्ति कर ली है। वह अपनी शादी के साल भी गिनने लगा था।

## वशीकरण की किताब

अब गदहा गधा नहीं रहा था, उसे परम ज्ञान की प्राप्ति हो चुकी थी और वह उसे स्वीकार भी कर चुका था। आशिक भी मयूरी के पीछे मार खा चुका था और उसने भी अब ज़ोरदार पढ़ाई शुरू कर दी थी ताकि वह पढ़-लिखकर बम्बई जाके नौकरी कर सके। गदहा से मार खाने का असर यह हुआ कि खबरीलाल ने नाम के अनुसार अब सही काम करना शुरू कर दिया था। वह गाँव से पंद्रह किलोमीटर दूर कस्बे में साइकिल से रोज़ सुबह जाता और अखबार लेकर पूरे गाँव में बाँटता। गाँव के लोगों को अब सिर्फ़ मोहल्ले की खबरें पहुँचाने के बजाय उसने देश-दुनिया की खबरों को पहुँचाना शुरू कर दिया था। गाँव में पहली बार अखबार पहुँचाने का काम खबरीलाल ने ही शुरू किया था। इस वजह से खबरीलाल की गाँव में काफ़ी तारीफ़ होने लगी थी। इन चारों मित्रों में सिर्फ़ एक ही बच्चा बचा था जो ट्रैक से बाहर चल रहा था, वह था अपना पोस्टमैन।

'पागल है' असल में पागल हो या न हो अलग बात है। पर वह उस सांवली गजरे वाली लड़की के प्यार में तो ज़रूर पागल हुआ जा रहा था। वह अक्सर उसका पीछा करने लगा था। जब वह खेत में चारा काटने जाती तो भी उसका पीछा करता और दूर खड़ा होकर देखता रहता। वह कंडे पाथती थी तो भी वह दूर खड़ा होकर छप्पर के पास देखता रहता। वह खेल खेलती तो उसके उछलने-कूदने को देखता रहता। वह लड़की उसे पागल समझकर नज़रअंदाज़ करती रहती थी। पर कहीं-न-कहीं चाहती थी कि वह उसे देखता रहे।

हद तो तब हो गयी जब एक दिन वह लोटा लेकर जा रही थी और वह उसका पीछा करने लगा तथा दूर एक आम के पेड़ के नीचे बैठ गया। वह लड़की

थोड़ा दूर जाकर खेत की मेड़ के बगल में बैठ गयी। पहले तो वह उसे अनदेखा करने की कोशिश कर रहा था, परन्तु जब उसकी नज़रें एकबारगी उसके नग्न कूल्हों पर पड़ीं। उसके रोम-रोम खड़े हो गये, शरीर में एक अजीब-सी सिरहन दौड़ गयी। वह उसके नग्न शरीर को देखकर पागल हुआ जा रहा था। बौखलाया जा रहा था। उसने खुद को रोकने की भरसक कोशिश की पर जब वह नहीं रोक पाया तो एक बार फिर से वह दूर से ही नयनसुख लेते हुए अपना हाथ जगन्नाथ करने की कोशिश करने लगा। ऐसा नहीं था कि उसके मन में उसके लिए सिर्फ़ वासना ही जगती थी। उसके मन में मिसिराइन के लिए प्रेम भी था। अक्सर वह उसे खेलते हुए देखता रहता था, बात करते समय उसके हिलते होंठों को दूर से निहारा करता था। यहाँ तक कि उसकी आवाज़ सुनने मात्र से ही उसे सुकून मिल जाता था और दिनभर का दुःख-दर्द भूल जाता था। वह हमेशा मिसिराइन के प्रेम में खोया रहता था। पर कभी-कभी शारीरिक इच्छाएँ उस पर हावी हो जाती थीं। हो भी क्यों न? आखिर वह उम्र के ऐसे पड़ाव पर था। आखिर सेक्स एक प्राकृतिक ज़रूरत है। इसको गन्दी नज़र से देखना अपने आप में एक विकृति है। आपको याद होगा कि एक बार पहले भी वह यही करते हुए पकड़ा गया था। आज फिर से वही कार्य कर रहा था। दुर्भाग्य देखिए, पिछली बार उसे ऐसा करते हुए खबरीलाल ने देख लिया था और इस बार पोस्टमैन ने। उस आम के पेड़ के ऊपर पोस्टमैन चढ़ा हुआ आराम से उसका यह करतब देख रहा था। इससे पहले 'पागल है' किसी आनंद को प्राप्त होता पोस्टमैन ने अपना तीर छोड़ दिया था, "साले तू किसी की मोहब्बत की नहीं, बल्कि हवस की उपज है।" 'पागल है' एक बार फिर पकड़ा गया।

यह सुनते ही 'पागल है' सकपका गया था। जैसे कहते हैं अवाक् हो जाना, जैसे सर के ऊपर के बाल उड़ जाना। तुरंत उसने ऊपर नज़र डाली, देखा तो पाया कि पोस्टमैन पेड़ की डाल पर लेटा हुआ आराम कर रहा था। पोस्टमैन का मतलब था पूरे मोहल्ले में बात फैल जाना। वह सकपका के वैसे ही बैठा रहा पर अब तक पोस्टमैन का दिमाग खुराफ़ात की ओर चलने लगा था। उसने वशीकरण की किताब पढ़ डाली थी पर वह उसे अमल में लाने के लिए निश्चित नहीं था कि इस किताब के गुरु मंत्र कारगर साबित होंगे या नहीं। उसने मोहल्ले में आशिक सहित दो-एक लड़कों को बलि का बकरा बनते हुए भी देखा था। इसलिए वह कतई रिस्क नहीं ले सकता था। वह पेड़ से नीचे उतरा और 'पागल है' से

कहने लगा,''डरो मत। हम तुम्हारे दोस्त हैं। किसी से कोई बात नहीं कहेंगे।''

'पागल है' चुपचाप खड़ा रहा। बोलकर भी क्या कर लेता!! पोस्टमैन थोड़ी देर चुप रहा और फिर बोला, ''डरने की कोई बात नहीं है। हम दोस्त हैं ना!! अब तुम्हारी मदद करते हैं। है ना?''

उसने हाँ में सर हिला दिया था। इसके सिवाय उसके पास कोई चारा भी नहीं था।

फिर कुछ देर पश्चात् पोस्टमैन सही सवाल पर आया था, ''तुम उस लड़की से प्यार करते हो ना?''

'पागल है' ने इस नफ़रत की दुनिया में प्यार शब्द पहली बार सुना था। उसे बात समझ नहीं आई। और वह कुछ नहीं बोला। इतने दिनों साथ रहते हुए पोस्टमैन और उसके साथी समझने लगे थे कि उसे क्या समझ आया और क्या नहीं आया। पोस्टमैन ने उस लड़की की तरफ़ इशारा करते हुए तुरंत चुम्बन की तरह होंठों को दिखाते हुए उसे बाँहों में लेने की एक्टिंग की। 'पागल है' को इशारे से बात समझ आ गई थी। उसने तुरंत 'हाँ' में सर हिला दिया।

पोस्टमैन ने उसे फिर से चुम्बन और बाँहों को दिखाते हुए समझाकर कहा, ''इसे प्यार कहते हैं। प्यार।''

उसने समझने की कोशिश की और दोहराया, ''प्यार'' क्योंकि 'पागल है' सिर्फ़ ज़रूरी शब्दों को पकड़ता था, जिन्हें अंग्रेज़ी में कीवर्ड कहा जाता है। बाकी चीज़ों को लोगों के सुने अनुसार जोड़कर यूँ ही गलत-सलत बोल देता था।

''हाँ,'' एक अध्यापक की भाँति पोस्टमैन ने सहमति प्रदान कर दी।

''हम तुम्हें उससे प्यार करवाएँगे।'' पोस्टमैन ने बात आगे बढ़ा दी थी।

यह सुनकर 'पागल है' की खुशी का ठिकाना नहीं था। वह खुश होते हुए बोला, ''मैं प्यार, मैं प्यार।'' मतलब वह बोलना चाहता था कि वह लड़की अब उससे प्यार करेगी।

''हाँ तुम दोनों का प्यार करवाऊँगा मैं,'' पोस्टमैन ने उसे कहा, ''आज शाम को मेरे पास आ जाना। मड़ैया के पीछे। वहाँ पर बताऊँगा कैसे प्यार को आगे बढ़ाओ।''

''मड़ैया?'' 'पागल है' ने बात कन्फ़र्म की। असल में उसने अभी सिर्फ़ शब्दों को पकड़ना शुरू किया था। अगर एक वाक्य में उसका मुख्य शब्द समझ आ जाता था तो वह बात को समझने की कोशिश उसी के सहारे किया करता था।

"हाँ शाम को पक्का," पोस्टमैन ने हिदायत दी।

'पागल है' ने सहमति में सर हिलाया और वापस चला आया।

शाम हो गयी थी। पोस्टमैन उस किताब का पहला वशीकरण मंत्र पढ़कर अमल में लाने के लिए तैयार था। उसने पढ़ा था—

"किसी भी लड़की को जल्द ही अपने वशीकरण के प्रभाव में लाने के लिए आप इस उपाय को करें। आप केसर, हरताल, कूठ और तरक को मिलाकर अच्छे से कूट पीस लें। पीसते वक्त इसमें अपनी उँगली से थोड़ी-सी रक्त की बूँद मिला दें। अब इसका तिलक बनायें और अपने मस्तक पर लगायें। यह तिलक लगाकर आप जिस भी लड़की के सामने जाएँगे वह आपसे वशीभूत हो जाएगी।"

पोस्टमैन नियत समय पर 'पागल है' की मड़ैया पहुँच गया था। वह हाथ में केसर, हरताल, कूठ और तरक लिए हुए था। अब उसे बस 'पागल है' के रक्त की ज़रूरत थी। वह पहुँचते ही 'पागल है' से बोला, "देखो इन चार चीज़ों में अगर तुम्हारा खून मिलाकर पीस दिया जाए," उसके बाद वह माथे पर अंगूठे से तिलक बनाते हुए बोला, "इससे तुम्हारे माथे पर तिलक लगाया जाए और फिर तुम उस लड़की के सामने से गुज़रो तो वह लड़की तुमसे प्यार करने लगेगी।"

उस लड़की से प्यार की बात सुनकर वह फिर से बहुत खुश हुआ। पर खून? सबसे बड़ी समस्या तो यही थी कि वह किस तरह से खून निकाले।

पोस्टमैन के पास इसका भी हल था, वह सुई लेकर आया था, बोला, "अपनी उँगली में सुई चुभोकर खून निकाल लो। प्यार में लोग क्या-क्या नहीं करते। तुम्हें तो सिर्फ़ खून ही निकालना है।"

पहले तो 'पागल है' डर रहा था। पर जब रहा नहीं गया तो तुरंत पोस्टमैन ने उसे मोटिवेट करने की कोशिश की। तब शिव खेड़ा की *जीत आपकी* किताब भी नहीं आई होगी लेकिन वह पोस्टमैन के डायलॉग से ही प्रभावित थी, "प्यार करने वाले डरते नहीं, डरने वाले प्यार करते नहीं।"

'पागल है' की आँखों में खून की जगह प्यार दिखने लगा था। दर्द गया तेल लेने। उसने तुरंत थोड़ा-सा खून मिलाकर पत्थर से पीसा और पीसने के बाद उसे माथे पर लगा लिया।

अब वह मिसिराइन के आने का इंतज़ार करने लगा। वह सज-संवर कर बाहर घर-घर खेलने के लिए आई थी। अब तक उसे पता लग गया था कि 'पागल है' उसे घूरता रहता है, उसके लिए दीवाना है। बस इतने ज्ञान ने उसकी

दिनचर्या और रहने के तरीके में बदलाव कर दिया था। बेशक वह कतई 'पागल है' से प्रेम नहीं करती थी और न ही करने की इच्छा थी। पर पहली बार किसी पुरुष का इस तरह से घूरना उसे अच्छा लगने लगा था। उसके शरीर में झुरझुरी दौड़ने लगी थी। अब वह सलीके से साफ़-सुथरे कपड़े पहनने लगी थी। काम करने के बाद तुरंत हाथ-पैर-मुँह धोकर चेहरे पर किलो भर पाउडर और क्रीम लगा लेती। बाल संवार लेती। खेतों पर काम करने जाते हुए भी वह सज-संवर कर निकलने लगी थी। अभी तक भले ही उसे कोई न देखता रहा हो पर उसके सजने-संवरने के कारण अब कई बड़े-बड़े लड़के उस पर नज़र रखने लगे थे। इसका परिणाम यह हो रहा था कि उसका सौंदर्य दिन दूनी रात चौगुनी गति से बढ़ने लगा था। कुछ महीने पहले जो लड़की छोटी लगती थी अब उसके अंग विकसित अवस्था में पहुँच गए थे। उसकी चाल में भी बदलाव आने लगा था। चलते हुए अब उसकी चाल मटकने लगी थी। अब वह लोगों को रिझाने लगी थी।

वह आकर घर-घर खेलने लगी। 'पागल है' की आँखों में चमक आ गई थी। वह तुरंत तिलक लगाकर वहाँ पर पहुँच गया। बार-बार उसके सामने से गुज़रने की कोशिश करता कि उसकी नज़र उसके माथे पर पड़े। भूरी ने कई बार उसे सामने से गुज़रते हुए देखा पर नज़रअंदाज किया। जब उसका बार-बार वहाँ से गुज़रना रुका नहीं तो उसने उसे डाँटते हुए कहा, ''सुनो 'पागल है', बार-बार हेन से न गुजरो! वर्ना पा जैहौ अपने कान के नीचे। तुरंत तड़ी हुई लेव हेन से।''

उसे बात समझ आई या नहीं परन्तु वह यह भाँप गया कि मिसिराइन को गुस्सा ज़रूर आ गया है। वह वहाँ से खिसक लिया। दूर से पोस्टमैन यह सब देख रहा था। उसने पाया कि वशीकरण का पहला नुस्खा फ़्लॉप हो गया है।

एक फटे पुराने गंदे कपड़े पहने लड़का, जिसकी बोली भाषा भी समझ नहीं आती, जिसे लोग 'पागल है' समझते हैं, उसे भला कोई प्रेम कैसे कर सकता है। भले ही उसके अन्दर का प्रेम सच्चा हो, गंगा के पानी की तरह स्वच्छ हो पर अंदरूनी प्रेम से अधिक बाहरी आवरण देखकर प्यार होता है। भले ही अन्दर से आप किसी स्त्री के लिए अच्छे विचार न रखते हों परन्तु अगर बाहरी आवरण बेहतर है तो स्त्री-पुरुष उसे प्यार समझने की गलती कर बैठते हैं।

''वो डाँटता है!'' 'पागल है' पोस्टमैन के पास पहुँच कर मिसिराइन की तरफ़ इशारा करते हुए बोला।

''अबे सोंठ (निराशाजनक) जैसा चेहरा काहे बना लिए हो। कोई बात

नहीं। प्यार मा सौ बार कोशिश करने के बाद सफलता मिलती है,'' पोस्टमैन के अन्दर मोटिवेशन कूट-कूट कर भरा हुआ था। असल में यह मोटिवेशन पोस्टमैन के अन्दर 'पागल है' के प्रेम को दिलाने के लिए नहीं था बल्कि वह उस वशीकरण के नुस्खोंवाली किताब से ऐसा नुस्खा जाँच लेना चाहता था जो सौ प्रतिशत काम करता हो। ताकि जब वह मयूरी पर अपने नुस्खे का इस्तेमाल करे तो कतई फ़ेल न हो और आशिक जैसा हाल न हो।

''कल नया नुस्खा बताएँगे। इसी समय कल यहीं पर मिलना,'' पोस्टमैन दिलासा देकर चला गया।

'पागल है' अपनी उँगली लेकर बैठ गया, जिसमें उसने सुई चुभोई थी। उसमें दर्द हो रहा था। 'न राम मिले न माया' जैसा हाल था। एक तो उँगली दर्द कर रही थी, ऊपर से डाँट भी पड़ी थी।

खैर, पोस्टमैन ने देरी नहीं की और घर जाकर स्त्री वशीकरण का दूसरा नुस्खा पढ़ा—

''लड़की पटाने का वशीकरण करने के लिए आप तरग, केसर और काकजंगा लेकर इन सबको एक साथ पीस लें। इस चूर्ण को जिस लड़की से आप प्रेम करते हैं उसके मस्तक या पैरों पर डाल दें, यह एक बहुत ही आसान लेकिन बहुत ही उपयोगी टोटका है।''

उसके पास केसर तो पहले से था मगर तरग और काकजंगा ढूँढने में वक्त लग गया। पहले तो 'पागल है' पिछले दिनों की बात से डरा हुआ था लेकिन पोस्टमैन ने उसे तुरंत प्रोत्साहित किया और कहा कि आज तुम्हें बार-बार नहीं जाना है, बस जब वह गुज़रे तो उसके पैरों पर यह चूर्ण डाल देना है। उसके बाद वह हमेशा-हमेशा के लिए तुम्हारी हो जायेगी। फिर जो 'पागल है' कहेगा, मिसिराइन को करना पड़ेगा। अब उसे किसी हाथ के सहारे की ज़रूरत नहीं होगी। इस बात ने तो मानो उसकी दुखती नस को पकड़ लिया हो। वह तुरंत उसे लेकर गया और उसका अंजाम फिर से वही हुआ। उसे अंतिम चेतावनी देकर डाँट दिया गया।

एक बार फिर से पोस्टमैन का नुस्खा फ़ेल हो गया था लेकिन वह हार मानने वाला नहीं था। वह कुछ दिनों के लिए रुक गया।

इधर 'पागल है' शब्दों को पकड़ने लगा था, जिस वजह से एक शब्द पकड़कर वह पूरे वाक्य का अनुमान लगाने लगा था। अब उसे शब्दों की पहचान

की भी ज़रूरत थी। इसलिए गदहा ने यह कार्य खुद के मत्थे लिया और उसे वर्णमाला वाली किताब लाकर क से कबूतर, ख से खरगोश पढ़ाने लगा जिससे उसे शब्दों की पहचान भी होनी शुरू हो जाए। 'पागल है' अब हिन्दी सीखने में रुचि लेने लगा था क्योंकि उसे पता था कि अगर यहाँ रहना है तो इसके अलावा उसके पास कोई चारा नहीं है। उसे राम-राम कहना ही पड़ेगा यानी उसे हिन्दी सीखनी पड़ेगी।

खैर, कुछ दिनों बाद पोस्टमैन नया नुस्खा लेकर आया था, उसका नया नुस्खा कुछ इस प्रकार था—

किसी लड़की का वशीकरण करने के लिए आप इस उपाय को शुक्ल पक्ष को करें। शुक्ल पक्ष में जिस दिन रविवार पड़े उस दिन 5 लौंग लेकर शरीर के पसीने वाले स्थान पर रखें। इसके बाद इन लौंग को निकालकर धूप में सुखा लें और पीसकर दूध या चाय में मिलाकर उस लड़की को पिला दें जिसका आप वशीकरण करना चाहते हों। इस तरह से उस लड़की पर आपके वशीकरण का प्रभाव पड़ने लगेगा। किसी लड़की को मोहित करने के लिए लड़की वशीकरण मंत्र का प्रयोग भी किया जा सकता है—

उसने शुक्ल पक्ष के रविवार के दिन 'पागल है' की कांख पर पाँच लौंग रखा दीं। फिर उन्हें सुखाने के लिए कहा। जब सुखाकर अगले दिन वह ले आया तो लौंग पीसकर उसने शाम को जब मिसिराइन बाहर निकली तब दूध दुहने का आदेश दिया। दूध दुहने के बाद उसने उसमें वही पिसी हुई लौंग मिलाकर उसे गिलास थमा दिया।

गिलास देखते ही उसकी हालत मेमने जैसी हो गयी। उसे याद आया कि किस तरह से उसके बार-बार सामने से गुज़रने की वजह से उसके कानों में गालियों की बौछारें हुई थीं। इस बार तो उसे गिलास भर दूध पिलाना था। इस बार तो पक्का उसकी जम के कुटाई होने वाली है। "न मारेगा, बोत मारेगा।"

"कौनो न मारी, जानत हो पिछली बार! तुम दूर से ही करत रहे हो, यालिए जादू नहीं चलत रहे, इस बार बस पियाये पा जाओ तो मान लो तुम्हार काम हुई गा।" पोस्टमैन इस बार के वशीकरण नुस्खे के सौ प्रतिशत सफल होने की गारंटी बता रहा था।

पर 'पागल है' के मन में डर भरा हुआ था। पोस्टमैन ने उसका चेहरा देखा, डरी हुई आँखें, काँपते हुए होंठ देखकर इस बात का बखूबी अनुमान लगा

ले गया था। उसने तुरंत उसे प्रेरित करने वाले वाक्य पेल दिए, ''जानत हो!! आशिक की मयूरी के पीछे कितनी जूतम-पैजार हुई। ओखे बाद आज भी वह मयूरी के पीछे लगा है। एखा कहत हैं प्यार!! इशक!! तोहारे जैसन का थोड़ी नहीं जोन अपन हवस शांत करे भर का करत है।''

यह बात अब 'पागल है' के दिल में चुभ गयी थी। वह अब किसी भी हालत में दिखा देना चाहता था कि वह भूरी से प्यार करता है, उसके लिए सिर्फ़ हवस की ही भावना नहीं है। वह तुरंत पूरे जोश जज़्बे के साथ चल दिया भूरी की तरफ़, आज वह सिद्ध करना चाहता था कि वह असली प्रेमी है।

मन में हिम्मत और हाथ में गिलास लेकर चल दिया वह मिसिराइन के पास, जाकर सीधा बोल दिया, ''दूध पीता?''

भूरी ने मना करते हुए कहा, ''भाग जा यहाँ से, नहीं तो आज घर मा बता देंगे।''

''हम प्यार करता।'' उसने अपनी बात बताते हुए दूध पीने का आग्रह किया, ''दूध पीता?''

''नहीं मानेगा ना,'' वह चिल्लाने लगी, ''बाबू, अम्मा देखो।''

तुरंत घर से भागते हुए उसके बाबू आ गये, ''का हुआ भूरी?''

''यो रोज़ परेशान करत है,'' उसने 'पागल है' की तरफ़ इशारा किया।

''धत पागल है,'' बाबू ने उसे भगाने की कोशिश की।

पर आज 'पागल है' खड़ा था टस से मस हुए बगैर, ''दूध पीता?'' उसने फिर से भूरी की तरफ़ दूध आगे बढ़ाया। ऐसा लग रहा था जैसे पोस्टमैन ने उसके पिछवाड़े में कुछ ज़्यादा ही गोटास भर दी हो।

''या दूध मा का है?'' उसके बाबू लेकर छीनने लगे।

तब ही बगल वाली शुक्लाइन जो ये सब खेल दूर से देख रही थी। वह खेल के मैदान में कूद पड़ी, ''देखाव तो दूध।''

उन्हें जिस बात का अंदाज़ा था, ठीक वही चीज़ थी। उसमें पीसी हुई लौंग की महक आ रही थी। ''अरे या तो टोटका करत है। यो पागल वागल नहीं आए बहुत बड़ा तांत्रिक आए।''

इतना सुनते ही सबकी आँखें खुली की खुली रह गयीं। सन्न! पिन ड्रॉप साइलेंस! सब भौंचक निगाहों से देखते ही रहे। पर खामोशी तोड़ी भूरी के बाबू के कंटाप ने, जिसने 'पागल है' के कान सुन्न कर दिए। 'पागल है' की आँखें

चौंधिया गईं। अब सब लोग हलचल में आ गये थे, बस 'पागल है' सुन्न अवस्था में पहुँच गया था।

इस कंटाप की आवाज़ इतनी तेज़ थी कि उधर गदहा, आशिक और खबरीलाल तक भी पहुँच गयी थी। तीनों भागकर उस झगड़ा स्थल पर पहुँच गए। झगड़ा स्थल पर 'पागल है' को पिटते देख उन्हें बहुत बुरा लग रहा था। तभी गदहा की नज़रें दूर खड़े पोस्टमैन पर पड़ीं जो छुपकर पूरा कारनामा देख रहा था। गदहा अब गधा नहीं रह गया था, उसे परम ज्ञान की प्राप्ति हो चुकी थी। उसे बात समझते देर नहीं लगी। उसने तुरन्त भूरी के बाबू को रोका और 'पागल है' से जाकर पूछा, ''तुम्हें किसने ये सब करने को कहा था?''

'पागल है' बात को समझ नहीं पाया था। यह बात समझते हुए गदहा को देर नहीं लगी। उसने फिर से प्रयास किया, ''दूध लेकर तुम्हें किसने भेजा था?''

उसने रोते हुए बताया, ''दूध पीता!'' फिर साँस ली और दीवार की आड़ में रुके पोस्टमैन की तरफ़ इशारा करते हुए बोला, ''पोस्टमैन भेजा।''

अब यह सुनते ही सबको बात समझ आ गई थी। इससे पहले कि पोस्टमैन रफ़ूचक्कर होता खबरीलाल और आशिक पकड़कर ले आये। आखिर आशिक को अपनी मार का बदला भी तो लेना था। फिर पोस्टमैन की जो हुई जूतमपैजार! वह देखने लायक थी। इस सुताई के बाद वह भी लाइन पर आ गया।

## मुखिया जी की हुँकार

अब यह ग्रुप चार लोगों का नहीं बचा था, इस ग्रुप में पूरी तरह से 'पागल है' शामिल हो गया था। फ़र्क बस इतना था कि इन चार बच्चों की उमर खेलने-कूदने वाली बाली उमर थी और 'पागल है' सोलह बरस की उमर में पहुँच चुका था। गदहा को 'पागल है' को पढ़ाते हुए डेढ़ वर्ष से अधिक बीत चुका था। अब वह अक्षर समझ भी लेता था और बोल भी लेता था। पर लिखना अभी उसने ढंग से नहीं सीखा था। लिखना वैसे भी कठिन काम है। दूसरी तरफ़ कोई उससे अभी भी बात नहीं करता था। सिर्फ़ यही चार लोग उससे बात करते थे। बाकी सब लोगों को न उसकी फ़िक्र थी और न ही कोई रुचि। उन्होंने मान लिया था कि वह 'पागल है'। जिन लोगों को बीच-बीच में यह सुनाई पड़ता कि नहीं वह पागल नहीं है, वह किसी दूसरे प्रांत का बाशिन्दा है, वे लोग बस एक कान से सुनकर दूसरे से निकाल देते थे। उन्हें ऐसा लगता था कि वह ज़िले से बाहर

तो गए नहीं, यह कैसे ? वे सुनते फिर अपने काम में लग जाते। किसी को कोई फ़र्क नहीं पड़ता था कि वह अपने घर जाए, गाँव जाए, अपने माता-पिता से मिले। वह अपने समाज के साथ जिए। इस कहावत को गाँववासियों ने बड़ी गम्भीरता से ले लिया था—हमारा काम बनता, भाड़ में जाए जनता। कुछ लोगों को लगता कि पहले यह पागल था, पर अब पास के ही ओलेश्वर बाबा की कृपा से ठीक हो रहा है इसलिए थोड़ी-बहुत हिन्दी सीख गया है, बाकी इसकी माँ जन्म देते ही मर गयी थी। आखिर पंडित जी ने यह बात बतायी थी, उनकी बात अकाट्य थी। दूसरी तरफ़, अब तक उन चारों दोस्तों को पता चल गया था कि 'पागल है' कर्नाटक प्रान्त के गोलाहल्ली गाँव से है। यह गाँव तमिलनाडु प्रान्त के बिलकुल किनारे है।

दूसरी तरफ़ इतना पढ़ाते हुए गदहा को समझ आ गया था कि 'पागल है' दिमाग से बैल है। उसके दिमाग में कोई बात देरी से घुसती थी यानी उसे देरी से समझ आती थी। इसलिए गदहा को भी उसे पढ़ाने के लिए जमकर मेहनत करनी पड़ती थी। लेकिन गदहा की मेहनत रंग लाने लगी थी। अब वह टूटी-फूटी हिन्दी में बात करने लगा था। एक बार 'पागल है' ने स्वीकार भी किया था और उसने बताया था—

उसके बारे में उसके गाँव में लोग कहते थे कि वह मंदबुद्धि है। उसने यह भी बताया कि उसे पहला शब्द बोलने में सात साल लग गए। उसे पहली बार चलने में छह साल लग गए। वह अपनी उम्र से तीन-चार बरस पीछे ही चलता रहा। घरवालो को भी कोई फ़िक्र नहीं थी। उन्होंने भी यह मान लिया था कि यह प्रकृति प्रदत्त है। जहाँ पर भी अज्ञानता होती है, वहाँ पर प्रकृति और ईश्वर पर दोष ठहरा दिया जाता है, कोई कोशिश नहीं की जाती है। शायद इसी कारण गाँव के लोगों में कई बीमारियाँ जिनका इलाज है, उनके बारे में जागरूकता ही नहीं होती और मान लिया जाता है कि ईश्वर ने ही ऐसा बनाया है। फिर उसके पापा ने घर पर ही एक ट्यूशन लगा दी जो उसे गणित और कन्नड़ पढ़ाया करता था। गणित तो कभी समझ नहीं आया पर वह धीरे-धीरे कन्नड़ सीखने लगा था। जब वह नौ वर्ष का हुआ तो पहली बार स्कूल के दर्शन किए थे। उसकी बुद्धि क्योंकि अपने से तीन-चार बरस कम उम्र के बच्चों जैसी विकसित हो रही थी इसलिए उसकी दोस्ती भी ठीक उससे कम उम्र के लड़कों से ही होती थी। शायद यही कारण हो कि सोलह बरस की बाली उमर वाले लड़के की दोस्ती

अपने से तीन-चार बरस कम उम्र के लड़कों से हुई थी।

गदहा के मन में प्रश्न बहुत उठते थे, इसी वजह से वह गदहा कहा जाता था लेकिन इसका लाभ यह हो रहा था कि वह अपने ग्रुप में सबसे बुद्धिमान बनता जा रहा था, जिसे डार्क हॉर्स कहा जाए तो अतिशयोक्ति न होगी।

''तुम्हारे गाँव मा भाषा के अलावा और का अलग है?''

''हमारे इधर पैंट बहुत कम लोग पहनता है,'' उसने बताया।

कुत्ते की पूँछ चाहे जितनी सीधी कर लें पर वो टेढ़ी ही रहती है। ठीक वैसे ही पोस्टमैन भाई साहब थे, उन्होंने तुरंत तंज कसा, ''तो फिर नंगे घूमत रहत हैं?''

''उधर सब कोई लुंगी पहनता है।''

''अच्छा! खाना-पीना?'' खबरीलाल ने प्रश्न दाग दिया था।

''तुम लोग यहाँ रोटी खाता। उधर चावल खाता।''

पोस्टमैन एंड कंपनी को 'पागल है' की अब तक की सारी कहानी पता चल चुकी थी।

गदहा का मन मक्खी की भाँति इधर-उधर के प्रश्नों पर ही रहता था। उसके दिमाग में आया और आखिर में उसने प्रश्न कर ही लिया कि आखिर 'पागल है' के चाचा ने उसे हज़ारों किलोमीटर दूर इस गाँव में अकेला क्यों छोड़ दिया?

'पागल है' को कोई जानकारी नहीं थी। उसने यहाँ तक बताया कि उसके चाचा उसे बहुत प्यार करते थे। हमेशा उसके चाचा उसकी मदद के लिए सबसे आगे आते थे। उसने अपने गाँव की उन्हें एक बात बताई।

उसने बताया कि अपने गाँव में वह भी थोड़ी-बहुत ऐसी ही शैतानी किया करता था। एक बार उसके गाँव के बच्चे ने अपना जन्मदिन मनाया। उसने अपने सभी दोस्तों को बुलाया। जन्मदिन में उसने ठंडा, नमकीन, बिस्कुट और चाय पिलाई थी। बदले में सभी दोस्तों ने गिफ़्ट के रूप में पैसे दिए थे। किसी ने एक रुपया, किसी ने दो रुपए और किसी ने तीन रुपए। जिसकी जितनी श्रद्धा, जिसकी जितनी औकात। बाद में पता चला कि उस बन्दे को कुल मिलाकर लगभग दोगुना फ़ायदा हो गया था। अब गाँव में ट्रेंड बन गया था कि जिस बच्चे के पास पैसा कम होता वह अपना जन्मदिन मना लेता। कई चालाक बच्चों के साल में दो-तीन बार जन्मदिन मनाए जाने लगे थे। जिस वजह से अब घर से बार-बार जन्मदिन में गिफ़्ट के लिए पैसे माँगना मुश्किल होता जा रहा था।

जब 'पागल है' ने सोचा कि वह भी अपना जन्मदिन मनाए तो उस वक्त

तक हालत यह आ गयी थी कि सभी बच्चों ने सिर्फ़ व्यवहार के रूप में कॉपी में दो रुपये, तीन रुपए लिखा दिए थे पर दिया किसी ने नहीं था। सबने यह कहकर टाल दिया था कि इसे उधार मानो आगे आने वाले वक्त में दिया जाएगा। उसके लिए जन्मदिन मनाना घाटे का सौदा साबित हुआ था। वह कर्ज़ में डूब गया था। जिसकी भरपाई उसके चाचा ने ही की थी। आखिर वह अपने चाचा का चहेता था।

यह सुनकर आशिक और खबरीलाल ने पोस्टमैन की तरफ़ प्रश्नवाचक मुद्रा में देखा कि आखिर क्यों 'पागल है' के चाचा जो उसे इतना प्यार करते थे, उसे यहाँ पर पागल की तरह जीने के लिए छोड़ गये ? पोस्टमैन ने भी नज़रों-ही-नज़रों में ऐसे जवाब दिया कि उसने सभी जवाब देने का ठेका ले रखा है क्या ? अब तक गदहा का दिमाग चल चुका था। उसने ब्रह्मास्त्र प्रश्न दाग दिया था। उसने पूछा कि 'पागल है' के चाचा की शादी हुई थी या नहीं ?

'पागल है' ने जो जवाब दिया था, उसने सभी परतें खोल दी थीं। अब इस जवाब को सुनने के बाद, प्रश्न पूछने वाले गदहा ने पोस्टमैन के सिंहासन को हिला दिया था।

'पागल है' ने बताया था कि उसके गाँव में शादी की बड़ी दिक्कत थी। मान लीजिये सौ में से तीस लोग बिन ब्याहे ही रह जाते थे या फिर कहीं से कोई औरत खरीदकर ले आते थे। अपने पापा के बारे में उसने बताया था कि उसके पापा सौभाग्यशाली थे जो ब्राह्मण पत्नी पा गए थे। पा क्या गए थे, ले आए थे। पड़ोस के गाँव में किसी की गरीबी का फ़ायदा उठाया था। उसके नाना जी बहुत गरीब थे, जिसे उसके पापा ने उधार दिया था, अब न वह पैसे लौटा पा रहे थे और न उनके पास आगे बिटिया के ब्याह के लिए पैसा था। दोनों तरफ़ से उनकी मरही थी। बस उनके पास एक ही चारा बचा था प्रधान जी से अपनी बिटिया की शादी कर दें। कुल, जाति इन सबसे ऊपर जीवन का मोह हो गया था। जिस वजह से अपना कुल न देखते हुए उनको अपनी बिटिया की शादी अपने से नीची जाति में करनी पड़ी थी। पूरे गाँव में इस बात का हल्ला था कि पहली बार गाँव में कोई ब्राह्मण बहू आई है। ब्राह्मण होने की वजह से गाँववाले उसकी माँ की बहुत इज़्ज़त करते थे। खैर, 'पागल है' की एक बहन थी जो उससे चार साल छोटी थी।

इस तरह से तो उसके चाचा की एक आँख फूट जाने के कारण उनकी तब तक शादी नहीं हो पायी थी और न ही होने की कोई उम्मीद नज़र आ रही थी।

वैसे भी यहाँ तक कि उसके पापा की शादी भी बड़ी मुश्किल से हुई थी। चाचा की शादी की बात तो दूर-दूर तक सोची ही नहीं जा सकती थी।

अब सभी ने एक-दूसरे की तरफ़ देखा, नज़रों से नज़रें मिलीं। सभी के मन से एक आह गुज़री। सबके सब पूरी कहानी समझ गए थे। किसी को कुछ कहना नहीं पड़ा न ही किसी को कुछ समझाना पड़ा।

अब आपके मन में तीन प्रश्न उठ रहे होंगे। पहला यह कि आखिर उसके चाचा ने ऐसा क्यों किया? इसके पीछे असल वजह यह थी कि उसके चाचा ने अपनी कानी आँख का बदला लेने के लिए उसे ऐसी जगह पर अकेला छोड़ दिया, जहाँ से वह कभी निकल न पाए। अपना ब्याह न होने के कारण वह जो दर्द सहन कर रहे थे, ठीक उसी दर्द का एहसास वह एक आँख से काना करने वाले अपने बड़े भाई को देना चाहते थे।

अब आपके मन में दूसरा यह प्रश्न उठ रहा होगा कि आखिर यही जगह क्यों चुनी? इसका कारण यह था कि यह गाँव शहर से करीब सौ किलोमीटर दूर था। दूसरी तरफ़ उत्तर प्रदेश के छोटे कस्बों तथा गाँव में हिन्दी छोड़कर कोई अन्य भाषा बोली ही नहीं जाती थी। वह गाँव बीहड़ जंगलों से घिरा हुआ भी था। जिस कारण बिना स्थानीय लोगों की मदद के एक छोटे से बच्चे का उस क्षेत्र से बाहर निकल पाना बहुत मुश्किल था।

आपके मन में तीसरा एवं अंतिम प्रश्न यह उठ सकता है कि आखिर उसने अपने गाँव से दो हज़ार किलोमीटर दूर इस गाँव के आस-पास उसे कैसे छोड़ दिया? बात कुछ इस तरह थी कि नवाबगंज के पास के गाँव का एक ट्रक ड्राइवर एक बार अपने मालिक का ट्रक लेकर तमिलनाडु गया था। बीच रास्ते में उसकी मुलाक़ात 'पागल है' के चाचा से हो गयी थी। उसके चाचा के साथ उनका बैंगलोर का एक दोस्त भी था। बैंगलोर में रहने के कारण उस दोस्त को थोड़ी-बहुत हिन्दी बोलनी आती थी। जिस कारण उसकी ड्राइवर से बातचीत हो सकी। आपको याद होगा कि गोलाहल्ली के मेले से ठीक पहले उसके चाचा काम से कहीं गए हुए थे। वह उसी वक्त इस ड्राइवर से मिले थे और इस घटना की रूपरेखा बनायी गयी थी। 'पागल है' ढाबे पर इडली-वड़ा खाने के बाद बेहोश हो गया था, शायद उसमें कोई नशीला पदार्थ मिलाया गया था। उसी ड्राइवर के साथ मिलकर चाचा ने उसे ट्रक के पीछे हाथ-पैर और मुँह बाँध कर बेहोश हालत में डाल दिया था। ट्रक में चारों तरफ़ बोरों में सामान लदा हुआ

था, बीच में बँधा हुआ 'पागल है' पड़ा था तथा ऊपर से ट्रक को तिरपाल द्वारा ढंग से बाँधकर ढक दिया गया था। नवाबगंज से कुछ दूर पहले सुनसान क्षेत्र में ड्राइवर ने उस बच्चे को उतारकर ज़मीन पर फेंक दिया था और उस जगह से तुरंत नौ दो ग्यारह हो लिया।

गदहा को याद आया कि एक बार मम्मी, पापा के साथ कुछ दिनों के लिए चली गयी थीं तो उसे पंद्रह दिन, पंद्रह साल के बराबर लगे थे और वे दिन वह फिर कभी याद नहीं करना चाहता। आशिक के मन में तुरंत यह फ़्लैश हुआ कि एक बार वह मेले में खो गया था तो वे दस मिनट उसे कितने भयावह लगे थे, यह तो छह साल से यहीं पर रह रहा है। खबरीलाल को याद आया कि उसकी माँ की मृत्यु के पश्चात् उसे घर में कितना अकेला महसूस होता है जबकि उसके चाचा, परिवारवाले, दोस्त और गाँव के लोग सभी उसके साथ रहते हैं। यह तो अपने गाँव, शहर, दोस्तों और परिवार से इतना दूर आ गया है कि नाम के सिवा इसे कुछ भी याद नहीं होगा। पोस्टमैन के मन में भी ठीक यही बात आई कि किसी तरह 'पागल है' को उसके घर पहुँचाया जाना चाहिए। सभी अब यह सोचने लगे थे कि किस तरह इसे इसके घर पर पहुँचाया जाए।

''आओ मुखिया जी से कल बात करबे। उनका बतैबे कि यो पागल न हो पर दूसरे देश का आए।'' खबरीलाल ने आगे बढ़ते हुए सुझाव दिया था।

''हाँ सही कहि रहे हो। बिचारा बहुत दिनन से अपने घर महतारी-बाप से दूर है,'' गदहा ने उसके दु:ख को समझने की कोशिश की।

अब चारों में सहमति बन गयी थी कि वे कल सुबह मुखिया जी के यहाँ पर अपनी बात रखेंगे। अगले दिन सुबह भी हुई और वे मुखिया जी के पास गए भी। पर वहाँ पर उन्हें डाँट के सिवाय कुछ न हासिल हुआ। उन्हें डाँट कर भगा दिया गया। वहीं 'पागल है' के दो कंटाप पड़े कि वह ज़मीन पर मुँह के बल धंस पड़ा। 'पागल है' को हिदायत दी गयी कि आज के बाद उन चारों लौंडों के साथ मिलते-जुलते खेलते-कूदते पाये गये तो उसकी हड्डी पसली सब एक कर दी जायेंगी।

अब तक मुखिया जी को यह एहसास हो गया था कि यह पागल नहीं है पर वे उसके सर से पागल की पदवी हटने नहीं देना चाहते थे। वे हर किसी से उसका 'पागल है' की तरह ही ज़िक्र किया करते थे और उपहास किया करते थे। इसके पीछे कारण यह था कि इन छह वर्षों में उन्हें मुफ़्त का नौकर मिल

गया था। जो उनके जानवरों की देखभाल करता है और घर का सारा काम। यह नौकर ऐसा था जो ज़िन्दगी भर उनका गुलाम बनकर रह सकता था। इसलिए वह किसी भी हालत में यह बात फैलने से पहले ही दबा देना चाहते थे कि वह पागल नहीं बल्कि दूसरे प्रदेश का बाशिंदा है।

## नैना चार

प्रेम में नैनों के तीर असल में खाद-पानी का काम करते हैं। ठीक उसी तरह जिस तरह से किसी बीज के लिए खाद, पानी काम करता है। 'पागल है' के नयनपान का असर यह हुआ कि वह लड़की जिसके अंग उस वक्त विकासशील अवस्था में थे, वे विकसित हो चुके थे। उसके पहनावा-ओढ़ावा में भी फ़र्क आ गया था। वह ढंग से साफ़-सुथरे कपड़े पहनने लगी थी। घर से क्रीम-पाउडर लगाकर निकलती थी। कुल मिलाकर वह एक युवती के रूप में ढल चुकी थी। जिस वजह से गाँव के कई लड़कों की नज़रें उस पर टिकने लगी थीं। जब कई नज़रें टिकने लगती हैं तो उनमें से किन्हीं एक जोड़ी नज़रों को अपना बना लेने का भी मन करने लगता है। कुछ ऐसा ही आजकल मिसिराइन के साथ भी हो रहा था। पिछले कुछ दिनों से ताड़ रही एक जोड़ी नज़रों में वह डूब जाना चाहती थी। वह उनकी गहराई नाप लेना चाहती थी। आखिर किस हद तक वे उसकी मोहब्बत का पान कर सकते हैं।

उस लड़के का नाम था 'नितिन' पर लोग उसे भूप नाम से पुकारते थे। वह दूसरे मोहल्ले का लड़का था जो इस मोहल्ले में शाम-सुबह नयन सुख अर्जित करने आ जाता था। लंबा कद और चौड़ा सीना किसी को भी अपना बना लेने के लिए काफ़ी था। उसका पहनावा-ओढ़ावा भी ठीक-ठाक था। प्रेम असल में सुन्दरता के समानुपाती होता है। इसका शुरुआत में प्रेम से कोई लेना-देना नहीं होता। प्रेम का सुन्दरता से लेना-देना होता है। उसके बाद प्रेम उस व्यक्ति में धीरे-धीरे अपनी जगह बना लेता है। ठीक इसी कारण भूरी को भी उसी की नज़रों में प्रेम दिखने लगा था।

खबरीलाल को ऐसे ही खबरीलाल नहीं कहा जाता था। उन्हें इस काम में महारत हासिल थी। ठीक उसी तरह जिस तरह एक कलाकार को अपनी कला में महारत हासिल होती है। उन्होंने देखा कि रोज़ शाम पाँच बजे यहाँ पर नयनसुख का आदान-प्रदान होता है। उधर से कुछ अदाएँ भेजी जाती हैं, इधर

नज़रों के सहारे वह दिल में समा जाती हैं। कहते हैं कि योग्य व्यक्ति की हर जगह पहचान हो जाती है। उसे काम की तलाश में भटकना नहीं पड़ता। ठीक उसी तरह दूसरे मोहल्ले के लड़के को भी पोस्टमैन के महान कार्यों के बारे में जानकारी मिल गयी थी और पोस्टमैन को नया कार्य मिल गया था। खबरीलाल ने देखा कि सिर्फ़ नज़रों का ही आदान-प्रदान नहीं हो रहा है बल्कि पत्रों के माध्यम से सुषुप्त भावनाओं का भी आदान-प्रदान हो रहा है।

खबरीलाल उस वक्त तो कुछ न बोले, दूसरे मोहल्ले के दो-तीन चक्कर लगाए और सारी जानकारी इकट्ठी कर ली। उन्होंने पता लगाया कि उस मोहल्ले में भी इस लड़के का एक लफड़ा चल रहा है। अब इस मोहल्ले की कच्ची कली को पकाने का इरादा है। अब उनसे रहा नहीं गया। जाकर पोस्टमैन के पास बोले, ''अबे तुझे शर्म नहीं आती? अपने दोस्त 'पागल है' की दिलरुबा की दूसरे से सेटिंग करवा रहा है।''

'' 'पागल है' से चिढ़ती है यार वो,'' पोस्टमैन ने अपनी व्यथा बताई।

''चिढ़ती है तो हमारा का काम है? उस चिढ़ को प्यार में बदलें?'' खबरीलाल ने आगे जोड़ा, ''तुझे पता है, वा भूप का पहिले से ही उस मोहल्ले मा चक्कर चलत है।''

''का?'' पोस्टमैन चौंक गया।

''दूसरे मोहल्ले के लौंडों को जीजा बनाने में बड़ा मज़ा आता है तुझे?'' खबरीलाल ने नहले-पे-दहला मार दिया था।

''न भाई। हमें न पता रहे कि उसका एक और चक्कर चलत है।''

अब दोनों ने एक प्लान बनाया था जिससे वे मिसिराइन को भूप के मोहपाश से दूर कर सकें। किया कुछ ऐसा कि जब मिसराइन गली की बगल वाली दीवार को लीप रही थी तब उस दीवार की बगल में दोनों ज़ोर-ज़ोर से बात करने लगे।

''का हो तुम भूप का मिसराइन की चिट्ठियाँ भेजत हो? जानत हो भूप केतना बड़ा लौंडियाबाज़ है,'' खबरीलाल थोड़ा ज़्यादा बोल रहा था।

''हाँ भाई। सुना तो हमहूँ है। पर तुम या बात कैसे एतना दावे के साथ कहि सकत हो?'' पोस्टमैन बात को आगे बढ़ाए रखना चाहता था।

''उई मोहल्ले की एक ठकुराइन पटाये है। सुना है ओखा (उसकी) ऐस गति बनावा हैस कि वा चौड़ा के धुआरा हुई गई है,'' खबरीलाल बस सुनी सुनाई बातों को लपेट देना चाहता था।

उधर यह सब सुनकर मिसराइन ने लीपा-पोती करना छोड़ उनकी तरफ़ कान लगा दिए थे।

''हाँ बे!! हमहू सुना है कि ठकुराइन पहिले बहुत पातर-दूबर रही है। अब हर जगह से फूल गई है। पूरे मोहल्ले मा उसकी छीछालेदर हो गयी है।''

यह सुनते ही मिसिराइन के कान चौकन्ने हो गए। मन में तरह-तरह के ख़याल आने लगे। वे बातें ध्यान आने लगीं जो बाबू कभी-कभी बोल जाते थे, ''आजकल के लड़कों के चक्कर में मत पड़ो, बहुत हरामी होत हैं सार।''

''तो आज के बाद या चिट्ठी-पत्री का काम बंद कर देव। मिसिराइन केतनी सीधी है। मोहल्ले मा ओखेर इज़्ज़त है। भूप के साथ अगर पट जई तो नाम खराब हुई जई,'' खबरीलाल ने पोस्टमैन को हिदायत दे दी थी।

पोस्टमैन ने भी हाँ करके स्वीकृति प्रदान कर दी थी।''हाँ भाई। मिसिराइन छोड़ो। मिसिर की पूरे मोहल्ले मा केत्ती इज़्ज़त है। अगर भूप के साथ चक्कर चल गा तो मिसिर की इज़्ज़त खराब हुई जई। इसका सोचे हो आखिर हमरे मोहल्ले की इज़्ज़त आए। अब हम कौनो के चिट्ठी-पत्री न देबे।''

इन दोनों ने असल में मिसिराइन के मन में घृणा का वह बीज बो दिया था जो तुरंत पककर तैयार हो गया था। अब न मिसिराइन की हिम्मत पड़ी कि वह कौनो चिट्ठी पोस्टमैन से भेजवावे, न भूप की चिट्ठी मिसिराइन तक पहुँची। मिसिराइन ने भी अपने बाप की इज़्ज़त बचाए रखना अपना कर्तव्य समझा।

# 6

## गली में चाँद निकला

हर किसी के स्वेटर निकल आए थे, शाम को अलाव जलने लगे थे। घर बाहर चारपाई डालकर लेटना बंद हो गया था, अब सभी अपने-अपने घर में चारपाई डालकर दुबक कर लेट जाते थे। गाँववालों के लिए यह संकेत था कि गाँव में ड्रामे का वक्त आने वाला है। गाँव में पिछले दस साल से यह परम्परा बन गयी थी कि माघ माह की अमावस्या की रात किसी पौराणिक विषय पर ड्रामा हुआ करता था। ठीक उसी तरह जिस तरह अधिकतर गाँवों में दशहरे के वक्त रामलीला

होती है। यह गाँव के लिए उत्सव के समान होता था। यह उत्सव उस गाँव में इतना बड़ा माना जाता था कि उस गाँववाले अपने रिश्तेदारों को बीस-पच्चीस दिन पहले से ही बुला लिया करते थे। उस ड्रामे के ठीक दस दिन पहले से यज्ञ होने लगते थे। अभी लगभग बीस से पच्चीस दिन बाकी थे, फिर भी गाँव में रिश्तेदारों का जमावड़ा लगना शुरू हो गया था।

उस रात को लेकर सभी पहले से प्लान बनाने लगे थे। बच्चों को रात्रि में होने वाले ड्रामे की वजह से लगने वाले मेले का इंतज़ार रहता तो बड़े बुज़ुर्गों को ड्रामे के बीच में होने वाले 'हीना डांसर' के डांस का। नव विवाहित युवा रात में ड्रामा देखने के बजाय घर पर ही ड्रामा करने का प्लान किया करते थे। साल भर की पूरी भड़ास निकालने का यही सही वक्त होता, जब घर पर दोनों नितांत अकेले होते थे। इसलिए शादीशुदा युगल दो-तीन दिन पहले से ही यह बहाना बनाने की कोशिश करते कि उनकी तबियत खराब है, वे घर पर ही रहेंगे। वहीं प्रेमी युगलों के लिए भी यह उत्सव सौगात लेकर आता था। रात में ड्रामा देखने के साथ ही उस अमावस की काली रात में छुप-छुपाकर प्रेमी-प्रेमिकाओं की रासलीला भी चलती थी। प्रेमी-प्रेमिका खतों में सारा विवरण देने लगे थे कि उस दिन क्या पहनेंगे और किस वक्त नज़रें बचाकर किस जगह पर मिलेंगे। फिर अगले दिन सवेरा होते ही शोर मचता था कि फलाने की लड़की ढिमका के लौंडे के साथ मंदिर के पिछवाड़े पकड़ी गई। वहीं बच्चे इस बात की तैयारी करते कि किस व्यक्ति से कितने पैसे लेने हैं ताकि उस कँपकँपाती सर्दी की आधी रात में वह इलायची वाली चाय के साथ गरमागरम मूँगफली चबा सकें।

ऐसा नहीं था कि खबरीलाल का काम सिर्फ़ खबर देना ही था। अब इतनी सारी खबरें देखने-सुनने के बाद किसी का भी मन मचल जाएगा। वह भी अपवाद नहीं थे और पिछले साल वह भी एक लड़की के प्रति आकर्षित हो चुके थे। उनका प्रेम उस लड़की से हुआ था जो साल में सिर्फ़ एक दफ़ा आती थी। हर किसी को अपनी वह एकतरफ़ा मोहब्बत (कुछ ने दो तरफ़ भी कर ली होगी) ज़रूर याद होगी। जब आप गर्मी की छुट्टियों में मामा या फूफा या फिर मौसी या मौसा के यहाँ जाया करते थे या फिर आपके मोहल्ले की रौनक कुछ समय के लिए बढ़ जाया करती थी। आपके पड़ोस वाले शर्मा जी, वर्मा जी या फिर दुबे जी के यहाँ वह फूल हर वर्ष उसी वक्त पर खिल जाया करता था, जिसका आप पूरे साल इंतज़ार किया करते थे! ऐसा कुछ खबरीलाल के साथ भी होता था। बस

फ़र्क इतना था कि आप सभी की प्रेमिका गर्मियों में आती थी और खबरीलाल की प्रेमिका सर्दियों में ड्रामे के बीस-पच्चीस दिन पहले आ जाया करती थी।

इस बार भी उसे क्या पता था कि कल की अमावस की घनघोर अँधेरी रात के बाद आज उसका चाँद दिखाई पड़ेगा। वह चाँद जो उसके लिए आज से एक वर्ष पूर्व निकला था। जी हाँ! हो सकता है कि आपका चाँद हर रोज़ निकलता होगा लेकिन खबरीलाल का चाँद ईद के चाँद की तरह साल में सिर्फ़ एक बार निकलता था। उसे क्या पता था, यह सर्दी उसके और उसकी कंपनी के लिए बेहद हसीन साबित होने वाली है। सर्दियों की छुट्टी में ड्रामा देखने दुबे जी की दीदी की बिटिया अपने मामा के यहाँ आती थी। खबरीलाल उसे अपने दोस्तों के बीच चाँद कहकर पुकारता था क्योंकि उसका प्रेम चाँद की गति और आकार पर ही तो निर्भर करता था। खैर, हर बार की तरह जैसे ही खबरीलाल की नज़र उस पर पड़ी मुस्कुराहट अपने आप खिल उठी। उसके रोम-रोम में खुशी की लहर दौड़ गयी। मानो करंट सा लग गया हो। दिल में गिटार बज उठा। उससे रहा नहीं गया और दौड़कर अपनी पोस्टमैन एंड कंपनी को यह बात बता आया तथा पार्टी के नाम पर उसे आलू टिक्की चाट भी खिला आया।

दुबे जी का बेटा जो नाक पोंछा करता था और खबरीलाल से चार साल छोटा था तथा खबरीलाल एंड कंपनी उसे दूर से देखते ही दुत्कार दिया करती थी—"जा पहले नाक पोंछ कर आ।" वह अब खास लगने लगा था। एकदम खासमखास! बिलकुल सच्चा वाला यार। जिस लड़के को क्रिकेट में बारहवें खिलाड़ी के रूप में रखा जाता और जो सिर्फ़ पानी पिलाने के काम आता था। एकदम से उससे ओपनिंग करवाई जाने लगी थी। और हारने पर भी दोष उसे नहीं दिया जाता और यह कहकर भुला दिया जाता, "साला है, छोड़ो।"

राज कॉमिक्स की ऐसी कोई सीरीज़ नहीं होगी, *नागराज, डोगा, चाचा चौधरी* सब यहाँ तक कि 'दिलवाले दुल्हनिया ले जायेंगे', 'बड़े मियाँ छोटे मियाँ' फ़िल्म के गानों की रेडियो कैसेट भी खरीदकर देनी पड़ती थी। एकदम से सब फ्री में उसे पढ़ने को मिलने लगा था। असल में यह सब दिया उसे जाता था पर पढ़ता एवं देखता कोई और था। खबरीलाल ने भले ही कभी ये सब न पढ़ा हो परन्तु वह उसे देने के लिए ज़रूर जाते थे आखिर यही तो उनके लिए उसके घर जाने का बहाना होता था। इसी बहाने उस चाँद के दर्शन भी हो जाते थे। सच बताएँ, 'दिलवाले दुल्हनिया ले जायेंगे', 'बड़े मियाँ छोटे मियाँ' फ़िल्म

के गानों की फ़रमाइश उस चाँद ने ही की थी।

ये दिन उस छोटू के लिए हनीमून वाले दिन होते। उसे भी समझ न आता कि हर साल इसी वक्त पर उसके अच्छे दिन कैसे आ जाते हैं?

खैर, रात को जब वह छोटे से चाँद की रौशनी में ऊपर खड़ी होकर उस छोटू या भाई के साथ पकड़म-पकड़ाई खेला करती तो दौड़ते वक्त बीच में तिरछी निगाहों से देख लेने भर से खबरीलाल का छत पर खड़े होने का पैसा वसूल हो जाता। आशिक जो उस कँपकँपाती सर्दी में अक्सर उसका साथ दिया करता था, वह हमेशा कहता, "तुझसे प्यार करती है बे!! तेरी तरफ़ देख रही है।" सिर्फ़ देख लेने भर में वह खुशी मिल जाती, जो शायद खबरीलाल को लाखों खबर देने के बाद भी न मिलती थी।

जब वह कुछ देर बाद खड़ी हो जाती। तो इस दूधिया रौशनी में उसके गोरे दाएँ गाल का छोटा-सा तिल बड़ी आसानी से दिख जाता। ठीक चाँद की तरह उसके चाँद पर भी दाग शोभायमान था।

जैसे-जैसे चाँद बड़ा होता जाता वैसे-वैसे उन दोनों की मोहब्बत बढ़ती जाती। पूर्णिमा के दिन, उन दोनों की मोहब्बत उफान पर होती। उस दिन कोई न था! सिर्फ़ अपनी छत पर खबरीलाल और दुबे जी की छत पर वह। जैसे ही खबरीलाल उसे निहारता, वह मुस्कुराकर सर हिलाते हुए आगे बढ़ जाती। खबरीलाल तरह-तरह की हरकतें करता, वह देखती और सिर्फ़ मुस्कुराती। आज उसके यहाँ कोई छोटा बच्चा आया था, तकरीबन दो साल का। वह उस छोटे से बच्चे को गोद में ले आई। अब वह खबरीलाल को दिखा-दिखा कर उसे प्यार-दुलार करने लगी, पुचकारने लगी। जैसे वह यह जता रही हो कि अगर आज 'तुम मेरे पास होते तो शायद यही प्यार-दुलार तुम्हें भी मिलता।'

पर खुदा को कुछ और मंजूर था। अब चाँद छोटा होने लगा था, जैसे-जैसे चाँद छोटा हो रहा था, उसके जाने का वक्त नज़दीक आता जा रहा था। खबरीलाल के दिल की धड़कनें बढ़ने लगी थीं। अब हर रोज़ चाँद उसके जाने की सूचना देने लगा था। अब कुछ ही दिन बचे थे, अमावस की रात के और वह ड्रामा चाँद के छोटे होने के साथ ही नज़दीक आता जा रहा था।

## गाँव के उत्सव की तैयारी

वहीं दूसरी तरफ़ एक लड़का था जिस पर दिन-प्रतिदिन अत्याचार बढ़ते जा रहे

थे। चार बच्चों का यह मान लेना कि वह लड़का पागल नहीं है, उसके लिए दुखदायी बन गया था। मुखिया जी उस पर निगरानी रखने लगे थे। वह कहाँ जाता है? क्या करता है? किससे बात करता है? साथ ही साथ उसे हिदायत दे दी गयी थी कि उन चारों से बात न करे। इतना ही नहीं, मुखिया जी अब इस बात को फैलाने से नहीं चूकते थे कि वह पागल ही है।

गदहा कोशिश करके उससे एक घंटा कैसे भी मिल लेता था और हिन्दी पढ़ाने की पूरी कोशिश करता था। दिन-प्रतिदिन उसकी हिन्दी बेहतर और बेहतर होती जा रही थी। अब वह ठीक-ठाक शुद्ध-अशुद्ध बोलना सीख गया था। अक्षर पहचानने लगा था, लेकिन अभी लिखने का अभ्यस्त नहीं हुआ था। लिखना उतना ज़रूरी था भी नहीं, जितना समझना और बोलना।

एक दिन उसने गदहा से कहा भी था, ''मुखिया जी बोत मारता। तुम लोग न बताता तो सही था। पहले मैं सिर्फ़ 'पागल है' ही था, अब कैदी बन गया हूँ।'' इस बात ने तो लगभग उसकी मानसिकता को ही दर्शा दिया था कि वह स्वीकार कर चुका है कि वह अब अपने घर नहीं जा सकता है। उसके लिए अब जो जीना है वह यहीं है, यहीं है। जब यहीं जीना है तो बेहतर यही था कि बिना कष्ट सहे जिया जाए। उसके साथ जो भी परिस्थिति बन चुकी है, उसे उसने स्वीकार कर लिया था। आखिर जीवन और परिस्थिति में अधिकतर विजय जीवन की होती है, हम इंसान परिस्थितियों से समझौता करना भलीभाँति जानते हैं। ठीक वैसा ही 'पागल है' के साथ हो रहा था।

गदहा को बात समझ आ गई थी। अब उसके मन में यह बात उठने लगी कि किस तरह से 'पागल है' को उसके देश, उसके घर पहुँचाया जाए। आखिर किस तरह से उसे इन दुखों से छुटकारा दिलाया जाए। उस वक्त टीवी में 'शक्तिमान' और 'शाकालाका बूम बूम' के संजू की तस्वीरें उसके मन में घूमने लगी थीं। वह भी उनके जैसे लोगों की मदद करना चाहता था और इस वक्त सबसे अधिक मदद की ज़रूरत 'पागल है' को थी।

तभी उसके दिमाग में एक बेहतर ख़याल आया। उसने इस बात को आशिक के साथ साझा किया। आशिक को भी बात समझ आई। बात यह थी कि ड्रामे के दौरान गाँव के अधिकतर लोग उस वक्त मौजूद रहेंगे। क्यों ना कार्यक्रम के बीच में डांसर के एक डांस की जगह हम लोग एक ऐसा कार्यक्रम रख लें, जिससे गाँव के सभी लोगों को 'पागल है' की सच्चाई पता चल सके। जब

सभी गाँववासियों को इस सच्चाई का पता चल जाएगा तो मुखिया जी भी कुछ कर नहीं पायेंगे। आखिर भीड़ के सामने वह कब तक अपनी बात रख पायेंगे। उन्हें वोट भी तो उसी भीड़ से लेना है। यह बात आशिक को बहुत अच्छी लगी। वह तैयार हो गया। समस्या यह थी कि ड्रामे में बड़े लोगों का हस्तक्षेप होता है इसलिए उन जैसे छोटे बच्चों को कार्यक्रम के लिए जगह नहीं मिल पाएगी।

यह बात आशिक और गदहा ने पोस्टमैन तथा खबरीलाल से साझा की थी। पोस्टमैन और खबरीलाल को भी बात समझ आ गई थी। आखिर अब तक 'पागल है' उनका दोस्त बन चुका था। वे भी चाहते थे कि वह अपने घर अपने देश पहुँच जाए। लेकिन समस्या यही थी कि उस ड्रामे के दौरान पंद्रह से बीस मिनट का वक्त कैसे लिया जाए। खबरीलाल ने पोस्टमैन की तरफ़ देखा और पोस्टमैन के चेहरे पर मुस्कान आ गई। ड्रामे की कमेटी में आखिर कपूर भी तो है। कपूर वही है, जिसके लव लैटर वह इति तक पहुँचाता है और कई दफ़ा उसने उन दोनों को ब्लैकमेल करके समाज सेवा की थी। आखिर ड्रामे की शाम उन दोनों की सेटिंग बनाने के दौरान ड्रामा के पीछे वाले खंडहर की निगरानी भी तो वही करता है। आखिर उसने एक बार फिर ब्लैकमेल वाला हथकंडा अपनाया और कपूर से कमेटी पर ज़ोर डलवाकर पंद्रह मिनट का वक्त ले लिया।

चारों बच्चों के चेहरे पर मुस्कान खिल उठी। आशिक और गदहा को स्टेज पर मुख्य किरदार का कार्यभार मिला, वहीं पोस्टमैन और खबरीलाल को स्टेज पर सहायक किरदार का कार्यभार। पोस्टमैन और खबरीलाल का मुख्य काम स्टेज के पीछे की व्यवस्था करना अधिक था। चारों बाली उमर के मित्र अपने-अपने अभ्यास और कार्य में लग गए।

तैयारी ज़ोरों पर चल रही थी, आशिक और गदहा साथ में अभ्यास करते। साथ ही साथ कुछ डायलाग 'पागल है' के लिए लिख कर दे दिए गए थे, जिसे उसे बोलना था। वहीं पोस्टमैन और खबरीलाल के लिए उस दिन ज़मीनी काम करने की हिदायत दे दी गयी थी। इस बीच उनका यह भी काम था कि रिहर्सल के वक्त वह आने-जाने वाले लोगों पर निगरानी रखे ताकि किसी को तनिक भी भनक न लगे। वर्ना 'पागल है' का जीवन जो पहले ही बदतर हो चुका था। अब तो बस उसकी जान जाना ही बाकी थी।

अमावस्या की रात को ड्रामा था और अभी कुछ दिन पहले यानी 26 जनवरी 2001 को रेडियो में एक खबर ने पूरे गाँव को सकते में डाल दिया था। इसे

पूरा गाँव न कहें, पूरे देश के लिए यह बड़ी आपदा आ पड़ी थी। भुज में आया भूकंप हज़ारों लोगों को लील गया था। हज़ारों के घर तबाह हो गये थे। किसी ने अपने बेटे को खो दिया था, किसी के सर से उसकी माँ का आँचल छिन गया था और किसी का पूरा परिवार ही इस आपदा में उजड़ गया था। एक बार फिर से प्रकृति का विध्वंसक रूप देखा था इस दुनिया ने। विश्व भर में सिर्फ़ भुज के भूकंप की ही चर्चा हो रही थी। पूरा देश आपदाग्रस्त था। हर तरफ़ शोक का माहौल था। वहीं इस गाँव के लिए सबसे बड़ी चिंता का विषय यह भी था कि मोहल्ले के फ़ौजी जी उस वक्त भुज में ही तैनात थे। 26 जनवरी से उनकी कोई खोज-खबर नहीं मिली थी। दो लोगों को शहर भेजकर भुज के कण्ट्रोल रूम में फ़ोन करके पता भी किया गया पर उनके बारे में कोई जानकारी प्राप्त नहीं हुई थी। अब पूरे घर में शोक का माहौल था। हर तरफ़ निराशा-ही-निराशा थी। लगभग तीन दिन से घर में भोजन नहीं बना था। अगल-बगल वाले बनाकर दे जाते थे। फ़ौजी के घर में सांत्वना देने वाले लोगों की भीड़ रहती थी। असल में सांत्वना क्या देते थे, दो-चार दुःख की बातें करते थे। जैसे कुछ इस तरह की कहानियाँ सुनाई जा रही थीं, कुछ झूठी-कुछ सच्ची—एक रेस्टोरेंट में कई लोग नाश्ता कर रहे थे और एक नवविवाहित जोड़े ने निवाला मुँह में डाला ही था कि भूकंप के कारण बिल्डिंग ढह गयी। निवाला मुँह में जाने से पहले वे लोग उस इमारत के नीचे दब गये। कोई बता रहा था कि पिछली रात उनके मित्र देर से सोये थे और सुबह नींद खुलने से पहले ही प्रकृति की गोद में चले गए। हर तरफ़ हाहाकार मच गया था। यह सुनते ही फ़ौजी की दुलहिन और माँ का बुरा हाल हो जाता। लोग उनके आँसू पोंछने का काम करते थे। वैसे भी सबसे अधिक हमदर्दी गाँव की बेवा को ही दी जाती है।

उधर गदहा के दिल में अजीब-सा सन्नाटा छा गया था। उसे इस बात का सबसे बड़ा शोक था कि पापा भुज चले गए और वहाँ से शायद ईश्वर के यहाँ भी प्रस्थान कर गए परन्तु वह उनसे अपनी गलती की माफ़ी नहीं माँग पाया। वह ईश्वर से प्रार्थना कर रहा था। वह बहुत सकारात्मक व्यक्ति था, उसे ऐसा लग रहा था कि जिस तरह से सावित्री अपने पति को यमराज के पास से वापस छीन लाई थी ठीक उसी तरह उसकी भी प्रार्थना स्वीकार की जायेगी। उसके पापा वापस आ जाएँगे और वह अपने पापा से लिपटकर अपनी गलती की क्षमा माँगेगा।

इधर पोस्टमैन, खबरीलाल और आशिक को यह समझ नहीं आ रहा था

कि उनका यह नाटक हो भी पायेगा या नहीं। अब न वे गदहा से पूछ सकते थे और न ही उसको छोड़कर नाटक कर सकते थे। दूसरी तरफ़, 'पागल है' को इस बात का दु:ख तो था कि गदहा के पापा का कुछ पता नहीं लग रहा है, लेकिन उसको दिखने वाली एक धुँधली सी आस भी दूर जाती हुई प्रतीत हुई। वह सोच रहा था कि इस काली रात के बाद उसके जीवन से अँधेरा छँट जायेगा पर ऐसा लग रहा था कि उसके जीवन से अमावस्या की काली रात कभी छँटने वाली नहीं है। इस बारे में गदहा से पूछने का कोई सवाल ही नहीं उठता था। वहीं पोस्टमैन, खबरीलाल या आशिक से पूछना वैसा ही था जैसे कौनो का घर में आग लगी है और यह उस आग में अपना खाना पकाना चाहता है। वह अपना करम मानकर बैठ गया। उसने स्वीकार कर लिया था कि उसका जीवन भी बैल की तरह बधिया ही कर दिया गया है। बस इच्छाएँ जागेंगी पर वह कुछ कर नहीं पायेगा। उसकी ज़िन्दगी अब कुछ ऐसी हो गयी थी कि न आँसू निकलते हैं, न रुकते हैं! ज़िन्दगी ने अजब परीक्षा ली थी। जब भी उसे इस चक्रव्यूह से निकलने का आसार दिखता था, तभी कोई नई आपदा आ पड़ती थी।

आज जब वह गोबर लेकर जा रहा था तो गदहा के घर की तरफ़ उम्मीद भरी निगाह से देख रहा था। शायद कोई अच्छी खबर आई हो और उसकी धुँधली सी आशा की किरण फिर से दिख जाए। पर उसकी आँखों को निराशा ही हाथ लगी। घर में पहले की तरह ही शांति का माहौल था।

सिर्फ़ फ़ौजी के घर में ही शोक का माहौल नहीं था बल्कि यह पूरे गाँव के लिए बड़ी आपदा थी। कुछ लोगों का मानना था कि ड्रामा कैंसिल कर दिया जाए। वहीं कुछ लोगों का मानना था कि ड्रामा के लिए सब कुछ बुक कर दिया गया है, रोड लाइट आज शाम से लगनी शुरू हो जायेंगी। शामियाना आ चुका है। ड्रामा करने वाले भी अगले दिन आ जाएँगे। आखिर अगली रात ही तो ड्रामा था। अब ड्रामा कैंसिल करने से कोई फ़ायदा नहीं है। ड्रामा किया जाए और इस ड्रामे को फ़ौजी को समर्पित कर दिया जाए। इस बात पर सभी ने सहमति जता दी थी। गाँव के मुखिया जी ने भी इस बात पर अपनी मुहर लगा दी थी। आखिर यही तो वक्त होता था जब वह अपने साल भर के कार्यों और उपलब्धियों को गिनाते थे। अगर यही हाथ से निकल गया तो इस बार चुनाव कैसे जीतेंगे?

यह खबर पोस्टमैन एंड कंपनी तक भी पहुँच गयी थी। आशिक ने 'पागल है' को निराश देखा था। आखिर हो भी क्यों ना? एक लाल खो जाने से पूरा

गाँव सकते में आ गया था। वहीं एक दूसरे गाँव का लाल सात सालों से गायब था, वहाँ पर कैसी हालत होगी। इसे सोचकर आशिक भावविह्वल हो उठा। उसने पोस्टमैन और खबरीलाल से आग्रह किया कि यह नाटक हम करेंगे और गदहा की जगह इस नाटक का कार्यभार खुद 'पागल है' सँभालेगा, आखिर भुगता भी तो उसी ने है। 'पागल है' की आँखों में चमक आ गयी थी। उसे अपना घर फिर से दिखने लगा था। अपने बाप का सात साल पहले देखा हुआ चेहरा उसकी आँखों के सामने घूमने लगा था। वह अपनी माँ से लिपटकर रो लेना चाहता था, अपने बाबू के गले लग जाना चाहता था और अपनी बहन के साथ फिर से प्यार से खेलना चाहता था। कहते हैं कि डूबते हुए को तिनके का सहारा मिलता है। ठीक उसी तरह 'पागल है' को तिनके का सहारा ही दिख रहा था और उसे ऐसा लग रहा था जैसे वह इस तिनके के सहारे पूरा दरिया पार कर लेगा। पर राह इतनी आसान नहीं थी।

## आज़ादी की लड़ाई

आखिर वह दिन आ ही गया था, जिस दिन गाँव का उत्सव था। सब लोग अपनी-अपनी तरह से तैयार हुए थे। जिन्हें घर पर रुकना था, उन्होंने बीमारी का बहाना बना लिया था। जिन्हें रात को दो बजे घासफूस में मिलना था, उन्होंने भी चिट्ठी-पत्री भेजकर पूरी प्लानिंग कर ली थी। बड़े बुज़ुर्गों को इस बात की खुशी थी कि वह प्रह्लाद और हिरण्यकश्यप का ड्रामा देखेंगे तथा नौजवान पीढ़ी आज हीना डांसर का डांस देखने के लिए उत्सुक थी।

दूसरी तरफ़ हर वर्ष साउंड सिस्टम वाला सुबह से ही फ़िल्मी गीत बजाने लगता था और 'हेल्लो माइक टेस्टिंग' एवं 'फलाने जहाँ कहीं भी हों, जल्द से जल्द मंच पर आने का कष्ट करें' की पुकार लगने लगती थी पर आज माहौल शांत था, बस बीच-बीच में ''ऐ मेरे वतन के लोगों ज़रा आँख में भर लो पानी'' टाइप देशभक्ति गीत इसलिए बजाए जा रहे थे कि माहौल थोड़ा और गमगीन हो जाए एवं लोगों को लगे कि फ़ौजी के परिवार के साथ हम भी उतने ही दुखी हैं। यह कार्यक्रम पूरी तरह से फ़ौजी को ही समर्पित है।

एक तरफ़ गदहा को अपने बाप की कोई खबर नहीं मिल रही थी, उसकी माँ बिलख रही थी। उसका रो-रो के बुरा हाल हो चुका था। आखिर यह खबर लग जाए कि वह हैं या चल बसे तो भी कुछ सुकून हो। असमंजस की स्थिति दिन

दूनी और रात चौगुनी कष्टदायक साबित हो रही थी। गदहा ने तो मान ही लिया था कि कम-से-कम उसकी अनुपस्थिति में उसका यह नाटक तो हो नहीं पाएगा।

खबरीलाल के दुखी होने के कई कारण थे, पहला उसके मित्र गदहा के पिता जी, दूसरा आज उसकी प्रेमिका का गाँव में आखिरी दिन था, वह आज रात का ड्रामा देखकर साल भर के लिए चली जायेगी, तीसरा और सबसे बड़ा दु:ख का विषय यह था कि सुबह से 'पागल है' कहीं दिख नहीं रहा था। न वह दिख रहा था, न ही उसका अता-पता था। सबके सब बहुत परेशान थे। तीनों मित्रों के मन में यही विचार चल रहे थे कि अगर वह आया नहीं तो यह कार्यक्रम कैसे सफल होगा? कार्यक्रम में उसका होना बहुत ज़रूरी था। जैसे-जैसे शाम हो रही थी वैसे-वैसे उन तीनों की चिंताएँ बढ़ती जा रही थीं। एक तो गदहा भी नहीं होगा और जो काम 'पागल है' को दिया गया था, वह 'पागल है' भी आज शाम से गायब था। शाम के छह बज चुके थे। अब तीनों के माथे पर चिंता की लकीरें पड़ चुकी थीं।

खबरीलाल अभी-अभी खबर लेकर आया था कि मुखिया साहब को इस कार्यक्रम के बारे में जानकारी लग गयी है, जिस कारण उन्होंने 'पागल है' को कहीं पर कैद कर लिया है। अब पोस्टमैन और खबरीलाल उसे ढूँढकर लाने के लिए निकल पड़े। वहीं आशिक कार्यक्रम की ओर चल दिए।

पूरे गाँव में रोड लाइट लगा दी गयी थी। पूरा गाँव जगमगा रहा था, लेकिन दिल बुझे हुए थे। गाँव के कई कोनों पर साउंड लगा दिए गए थे ताकि ड्रामे की आवाज़ गाँव के हर भाग में पहुँच सके। एक पंडाल को दो भागों में विभाजित कर दिया था। एक तरफ़ एक तख़्ती पर काली स्याही से पुरुष लिख दिया गया था और दूसरी तरफ़ महिलाएँ। महिलाओं के साथ बच्चों को बैठने की अनुमति होती थी। जिन्हें डांसर का डांस देखने का और पैसे उड़ाने का शौक होता था, वे लोग आगे इस तरह से खड़े हो जाते थे ताकि वे नज़दीक से उसके कमर के ठुमकों, हिलते हुए वक्षों और कूल्हों को अधिकतम ज़ूम करके देख सकें। अगर परदे के पीछे कहीं आस-पास के छेद से वे कपड़े बदलते हुए दिख जाए तो मानो उनके बचपन की ख़्वाहिश ही पूरी हो जाए।

बच्चों ने रात की मूंगफली और गुड़ की पट्टी खाने के लिए घर से पैसे ले लिए थे। साथ ही साथ उन्हें हिदायत दे दी गयी थी कि मम्मी के पास ही बैठना और कहीं मत बैठना। आखिर रात में खो जाने का भी खतरा था। सर्दी काफ़ी

पड़ने लगी थी। बच्चों को ऊपर से नीचे कई परतों में ढक दिया गया था। बड़े बुज़ुर्गों ने भी कपड़े पहनने के बाद लोइयाँ ओढ़ ली थीं। ऐसा ही कुछ महिलाओं ने किया था। रही बात युवा वर्ग की तो वे अपनी-अपनी वाली तलाश रहे थे। आखिर वे कहाँ पर बैठी हैं। उन्हें छोटे बच्चों से खाने-पीने का सामान पहुँचाते। कुछ युवा जो प्रेम में लम्बी दौड़ लगा चुके थे, वे उस वक्त का इंतज़ार कर रहे थे। जब आधी जनता को नींद ने घेर लिया होगा और आधी जनता ड्रामे एवं डांस में खो चुकी होगी। तब वह इशारों-इशारों में अपनी प्रेमिका को बुलाने की फ़िराक में होंगे। मौका पाकर कुछ छाती दबउआ प्रेम करने में ही कामयाब हो पाते और कुछ पूरा धड़पकड़ काण्ड करने में सफलता अर्जित कर लेते।

परन्तु तीन बच्चे आज कुछ अलग ही अंदाज़ में थे। उन्हें न तो मूंगफली से मतलब था, न ही गुड़ की पट्टी से। न ही उन्हें डांसर का नाच देखने का शौक था और न ही ड्रामे का। आज से वे अपनी नई ज़िन्दगी की शुरुआत करने जा रहे थे। आज उनके अन्दर अलग ही हौसला था, अलग ही जज़्बा था। वे कुछ अलग ही कर गुज़रने की फ़िराक में थे। उनके चेहरे की इस भाव-भंगिमा को पढ़ा जा सकता था। असल में उन्होंने गाँव के सबसे शैतान बच्चों से गाँव के होनहार बच्चे बनने की तरफ़ कदम बढ़ा दिया था। आज वे उन शैतानियों से बाहर निकलकर अपने उज्ज्वल भविष्य का निर्माण करने जा रहे थे।

इसके साथ ही आशिक की चिंताएँ बढ़ती जा रही थीं। ड्रामा शुरू होने वाला था लेकिन अभी तक न ही 'पागल है' मिला था और न ही पोस्टमैन तथा खबरीलाल की ही खबर थी। जैसे-जैसे वक्त नज़दीक आ रहा था उसकी भाव-भंगिमाएँ बदलती जा रही थीं। ऐसा लग रहा था जैसे उसका कोई बड़ा सपना टूटने जा रहा हो।

आज सुबह ही 'पागल है' को जमकर मारा गया था। उसे समझ ही नहीं आता था कि आखिर उसने क्या गलती कर दी जिस बात की उसे सज़ा दी जा रही है। जब उसे पता चला कि वह जो अपनी आज़ादी की माँग के लिए अपने चारों दोस्तों के साथ नाटक में सहभागी बनने जा रहा था, उसकी सज़ा थी यह। अब आप खुद ही अनुमान लगा लीजिये कि आज़ाद भारत में इक्कीसवीं सदी के प्रारंभ में एक लड़के पर इतने अत्याचार हो रहे थे तो ज़रा उस वक्त की कल्पना कीजिए जब भारत अंग्रेज़ों का गुलाम था। उस वक्त अपनी स्वाधीनता की लड़ाई लड़ने वालों को कितने कष्ट, कितने दर्द झेलने पड़े होंगे। मुखिया

जी का अत्याचार उसका एक अंश मात्र था। भाषा की अनभिज्ञता से शुरू हुए उसके संघर्ष ने उसे 'पागल है' नाम दे दिया। उसे कई बरस लग गए यह सिद्ध करने में कि वह पागल नहीं है। अब भी उसकी लड़ाई खत्म नहीं हुई थी अब अपने लिए तीसरी लड़ाई लड़ रहा था—आज़ादी की लड़ाई। जब मार-मारकर उसे निढाल कर दिया गया। नींद की दवा खिला दी गयी और उसके मुँह, हाथ बाँधकर घर के पीछे वाले भुसौरा में डाल दिया गया था।

इधर पोस्टमैन और खबरीलाल उसको ढूँढ ही नहीं पाए थे। उन्होंने उसके मड़ैया और मुखिया जी के घर के आस-पास कई चक्कर लगा लिये थे। एक बार फिर से वह मुखिया जी के घर के पीछे से मुखिया जी के घर की तरफ़ निकल पड़े थे। गाँव के इस छोर से उस छोर तक सब देख डाला था। अब तक देर रात हो चुकी थी। 'पागल है' नींद से जाग चुका था। खुद को उसने भूसे में पड़ा पाया। उसे ज़ोरों की प्यास लगी थी। वह ज़ोर से चिल्लाना चाहता था पर चिल्ला नहीं पाया। उसके कानों में हल्की-हल्की साउंड की आवाज़ सुनाई पड़ रही थी। वह मुखिया जी की आवाज़ थी। दूसरी तरफ़ पोस्टमैन और खबरीलाल उस भुसौरा के नज़दीक से बातें करते हुए गुज़रे जिसे सुनकर 'पागल है' की आँखों में चमक आ गई थी। उसने साँस ली और पट्टी बँधे हुए ज़ोर से बोलना चाहा तब तक दोनों थोड़ा दूर निकल चुके थे। साउंड की तेज़ आवाज़ में मुँह पर बँधी पट्टी की आवाज़ उन तक पहुँच नहीं सकी। वह मुखिया जी के घर के सामने पहुँचे, वहाँ देखा। हर तरफ़ से निराशा ही निराशा हाथ लग रही थी।

स्टेज पर ड्रामे की शुरुआत के लिए, मुखिया जी को बुलाया गया था। मुखिया जी पान थूककर स्टेज पर चढ़े थे। चढ़े क्या थे, उनका इतना भारी शरीर है, चढ़ाया गया था। पहले मुँह का पान थूका, फिर अपने अंगौछे से मुँह पोंछने के बाद फ़ौजी पर दो शब्द बोले और यह विश्वास जताया कि पहली बात, वह सही-सलामत वापस आएँगे। ईश्वर न करे कुछ गलत हो लेकिन भगवान् की अगर यही मर्ज़ी है तो वह फ़ौजी की मेहरारू की भरसक मदद करेंगे। फिर वह ड्रामे पर दो शब्द बोलने के बाद राजनीति पर उतर आये और यह बताने से नहीं चूके कि दस वर्ष पहले उन्होंने ही ड्रामे की शुरुआत कराई थी। आस-पास के गाँव तक के लोग इसे देखने आते हैं। फिर उन्होंने इस पंचवर्षीय योजना में किये गए कार्यों का वर्णन करते हुए वोट भी माँग लिया। अंत में फिर से ड्रामे पर दो शब्द बोले और इस कार्यक्रम को गाँव के गर्व फ़ौजी जी को समर्पित कर

बैठ गए थे। यह ठीक उसी तरह था जिस तरह अच्छे ब्रांड की पैकिंग में अपना घटिया माल परोस देना।

पर्दा खुला और प्रह्लाद हिरण्यकश्यप की जोड़ी सामने थी। भक्तों को ऐसा लग रहा था जैसे प्रह्लाद के रूप में साक्षात् ईश्वर ही उनके सामने हों। वे डायलॉग बोलते अगर बीच में भूल जाते तो पीछे से उन्हें याद दिलाने के लिए दो लोग डायलॉग पढ़ रहे होते थे। जो उन्हें भूलने से पहले ही पूरा डायलॉग पढ़कर याद दिला देते। कुछ की आँखों में प्रह्लाद को देखकर वात्सल्य उमड़ने लगा था। कुछ लोग हिरण्यकश्यप का अत्याचार देखकर उसका रोल निभा रहे गाँव के छेद्दू दुदहा को गरियाने लगे थे। जो लोग डांस देखने आये थे वे इस बात का इंतज़ार कर रहे थे कि कब पर्दा बंद हो और डांसर आए। हर कोई उसी रंग में रंग गया था।

दूसरी तरफ़ 'सरकाई लेव खटिया जाड़ा लगे, जाड़े में बलमा प्यारा लगे' गाने पर हीना डांसर का डांस हो रहा था। उस गाने की धमक हर घर के भीतरी कमरे में पड़े नवविवाहित जोड़े के कानों तक पहुँच रही थी। जैसे-जैसे उस गाने की आवाज़ पहुँच रही थी वैसे-वैसे नौजवान अपनी पत्नी के साथ धड़पकड़ काण्ड में बढ़-चढ़ कर ज़ोर लगा रहे थे। उनकी पत्नियों को भी समझ नहीं आ रहा था, आखिर आज इन्हें हो क्या गया है? असल बात तो सिर्फ़ उन्हें ही पता थी कि यह पिछले साल इसी गाने पर देखे गए हीना डांसर के हिलते कूल्हों का जादू है।

स्टेज के पीछे खड़ा आशिक बार-बार पीछे से बाहर की ओर झाँकता और यह उम्मीद करता कि दूर से पोस्टमैन, खबरीलाल एवं 'पागल है' दिखाई पड़ जाएँ। इस डांस के बाद ड्रामे का एक सीन चलना था, उसके तुरंत बाद डांस की बजाय उनका यह प्रोग्राम था।

उस अँधेरी रात में गदहा घर में लेटा हुआ था। उसे नींद नहीं आ रही थी। उसके कानों में ड्रामे की आवाज़ पड़ी, कानों में उस खूंखार मुखिया की आवाज़ गूंजी थी जिससे उसका एक दोस्त आज़ादी की लड़ाई लड़ रहा था। जिसकी दरिंदगी से वह भलीभाँति परिचित था लेकिन आज वह चिकनी-चुपड़ी बातें परोस गया था। उसका दिमाग अपने पिता जी से उस दरिन्दे पर शिफ़्ट हो गया था। उसे याद आया कि कैसे एक बच्चा अपने घर-परिवार से दूर सात साल से एक पागल की ज़िन्दगी जी रहा है। जब हम जान गए हैं कि

वह पागल नहीं है तो अब वह एक गुलाम की तरह जीने पर विवश क्यों है। यह आज़ाद भारत है या सिर्फ़ आज़ाद भारत की शक्ल में गुलामी भरी पड़ी है। तभी उसके कानों में सुनाई दिया कि अभी थोड़ी देर में इस ड्रामे के बीच में ही गाँव के छोटे बच्चे अपना नाटक प्रस्तुत करेंगे। यह सुनकर गदहा के मन में खुशी की लहर दौड़ गयी। मतलब तीनों इस नाटक को करने जा रहे थे। उसके चेहरे पर चमक आ गयी। तभी उसके कानों में यह आवाज़ सुनाई पड़ी कि पूरा गाँव भुज में आये भूकंप की वजह से फ़ौजी जी की कोई सूचना न मिलने के कारण बहुत शोक में है। हम उनकी सही सलामती की प्रार्थना करते हैं। यह सुनते ही गदहा के मन में आया कि एक व्यक्ति के बस कुछ दिन गायब रहने से गाँव में इतना शोक का माहौल है तो ज़रा सोचिए जिस गाँव का एक बच्चा सात साल से गायब है, उस गाँव, उसके परिवार और उसके घरवालों पर क्या बीत रही होगी। अब उसने ठान लिया था कि वह भागकर इस कार्यक्रम और पुनीत कार्य में सहयोग देगा। अगर वह दूसरों की मदद के लिए हाथ खड़े करेगा तो दूसरे भी उसके पापा की मदद में ज़रूर हाथ खड़े करेंगे। उस वक्त ही हम क्यों चेतते हैं जब विपदा हमारे ऊपर आ पड़ती है? कभी हम दूसरों के नज़रिये से क्यों नहीं देखते। कहते हैं कि रोल मॉडल से बड़ी सीख कोई नहीं देता। गदहा के इस निर्णय में सचिन तेंदुलकर का भी बड़ा हाथ था। अभी दो साल पहले ही सचिन तेंदुलकर के पिता जी का स्वर्गवास हो गया था, वह अपने पिता के अंतिम संस्कार के बाद तुरंत देश के लिए खेलने वापस आ गए थे। उसके मन ने स्वीकार कर लिया कि हमें अपने कर्तव्य से कभी भटकना नहीं चाहिए। गदहा उठ खड़ा हुआ और भाग चला ड्रामे की ओर।

गाँव के दूसरे कोने में निराश पोस्टमैन और खबरीलाल वापस लौटने लगे थे। उन्हें भी हताशा हाथ लगी थी। उन्हें ऐसा लग रहा था जैसे आज पहली बार वे किसी की मदद करने चले थे, कोई अच्छा कार्य करने चले थे लेकिन ईश्वर को मंज़ूर नहीं था। उन्हें अपने बुज़ुर्गों से सुनी यह बात रह-रहकर याद आ रही थी कि अगर अच्छा काम करने चलो तो बहुत कष्ट आते हैं, भगवान् बहुत परीक्षा लेता है पर जीत अच्छे कार्य करने वाले की ही होती है। उसे याद आया कि उसके एक अध्यापक ने एक बार बताया था कि अँधेरी सुरंग का रास्ता भी प्रकाश की ओर खुलता है।

आखिर उस कार्यक्रम की बारी आ गयी थी। पोस्टमैन को अनाउंसमेंट सुनाई पड़ गई थी। वह अब तो बिलकुल निराश हो गया था। खबरीलाल वहीं निराश होकर बैठ गया था। ज़िन्दगी में सिर्फ़ अँधेरा ही अँधेरा दिखाई पड़ रहा था। अब वे कुछ नहीं कर सकते थे। न 'पागल है' मिला था और न गदहा के आने की कोई सम्भावना उन्हें दिख रही थी। पोस्टमैन और खबरीलाल ने मान लिया था कि नाटक कैंसिल हो चुका है। आँखों के सामने धुँधला-धुँधला दिखाई देने लगा था। उधर आशिक ने अंतिम बार इधर-उधर देखा कहीं कोई नहीं दिखाई दिया। वह निराश हो गया, आँखों में आँसू आ गए और वह रुंधे गले से अनाउंसर की ओर बढ़ा ताकि मना कर दे कि इस कार्यक्रम को कैंसिल कर दिया जाए। वह स्टेज पर चढ़ा ही था कि तभी पीछे से उसे आवाज़ सुनाई दी, "आशिक।" उसने पलटकर देखा तो यह गदहा था। उसे देखते ही उसकी आँखों में चमक आ गई, "तुम?"

"हाँ, मैं! हम दोनों मिलकर 'पागल है' को इस कैद से निकालेंगे।" गदहा यह कहते हुए पूरे जोश और जज़्बे के साथ स्टेज पर चढ़ गया। दोनों के मन में आज कुछ कर गुज़रने का साहस था। दोनों की आँखों में 'पागल है' को इस दलदल से निकालने का सपना था।

पोस्टमैन और खबरीलाल भुसौरा के पास के नीम के नीचे निढाल, हताश होकर बैठ गए थे। उन्होंने अपने हथियार डाल दिए थे। पर कहते हैं कि जब आप पूरी तरह हताश हो जाते हैं, निराश हो जाते हैं तभी आशा की कोई किरण दिखाई दे जाती है। उन्हें भी गदहा की आवाज़ सुनाई पड़ी। उनकी आँखों में चमक वापस आ गई। चेहरे पर लालिमा झलक उठी और मन प्रसन्न हो उठा। वह तेज़ी से उठे। चिल्लाते हुए भुसौरा से आगे बढ़ने वाले ही थे कि इस बार 'पागल है' दरवाज़े के पास खड़ा दरवाज़ा पर धक्का दे रहा था और बँधे मुँह से कुछ चिल्ला रहा था। खबरीलाल ठहर गया। उसे समझ आ गया कि कुछ तो गड़बड़ है। इस भुसौरा में कोई तो है। दोनों लाए पत्थर और तोड़ने लगे ताला।

इधर गदहा और आशिक दोनों स्टेज पर चढ़ गए थे और उनकी आँखों के सामने कोई नहीं दिख रहा था। उन्हें भीड़ से कोई मतलब नहीं था। उन्हें तो बस आज अपनी बात कहनी थी। गदहा ने एक हिन्दी भाषी व्यक्ति का किरदार निभाया था, जो गलती से तमिलनाडु पहुँच गया था। उसे तमिल नहीं

आती थी। उसने कई दिनों से खाना नहीं खाया था। भूखा था। आशिक एक तमिल व्यक्ति का किरदार निभा रहा था। गदहा तमिल व्यक्ति से हिन्दी में खाना माँगने लगता है, पर वह व्यक्ति उसकी नहीं सुनता, तमिल व्यक्ति जबरन उसकी जेब से पैसे निकाल लेता है। जब गदहा उसका विरोध जताता है तो तमिल व्यक्ति अपने दोस्तों को बुलवाकर उसे बंधक बनवा लेता है और उसे पागल घोषित कर दिया जाता है। ठीक उसी तरह जिस तरह से 'पागल है' ने इस गाँव में आकर कष्टों में जीवन गुज़ारा था। 'पागल है' से ठीक उल्टा एक हिन्दी भाषी को तमिलनाडु भेजकर यह नाटक करने के पीछे कारण यह था कि जब यहाँ का व्यक्ति किसी हिन्दी भाषी पर वही अत्याचार देखेगा तो उसे यह अपनी कहानी लगेगी। उसे लगेगा कि जैसे यह अत्याचार उसी पर हो रहा है। वैसे भी इंसान की फ़ितरत होती है कि जब तक अपने ऊपर नहीं गुज़रती तब तक उसे दूसरों की भावना समझ नहीं आती। ठीक उसी तरह गदहा और आशिक ने अपने किरदार निभाये थे। उस कष्ट और दुःख को पूरी तरह से सही रूप में दिखाने में गदहा एंड कंपनी सफल हो गयी थी क्योंकि इसे देखकर भीड़ में से एक व्यक्ति से रहा नहीं गया और खड़ा होकर सबके सामने चिल्लाकर पूछने लगा, ''यह कैसे हो सकता है? सिर्फ़ भाषा के कारण कोई कैसे किसी के साथ इतना अन्याय कर सकता है?''

उसका खड़े होकर ऐसा बोलना था कि जो लोग लाउडस्पीकर की आवाज़ में भी सो रहे थे, उस व्यक्ति की आवाज़ सुनकर जग गए। जो लोग मूंगफली चबाने में व्यस्त थे, उनके मुँह में मूंगफली दबी रह गयी। कभी-कभी एक तेज़ आवाज़ के बजाय मज़बूत आवाज़ बड़ी दूर तक प्रहार करती है। यह सुनते ही गदहा आगे आ गया। पर आज उसके पास कोई सबूत नहीं था। वह निराश था और मुखिया जी अपने सफ़ेद कुर्ते को झाड़ते हुए मंच पर बैठे हुए थे। पर गदहा जोश में पीछे हाथ दिखाते हुए बोला, ''जो आपने 'पागल है' के साथ किया है,'' कहने के बाद जैसे ही वह पलटा उसकी आँखें खुली की खुली रह गयीं। पीछे 'पागल है' खड़ा हुआ था। फटे कपड़े, हाथों में चोट जिससे खून निकलना बंद हो चुका था, मुँह पर खरोंच थी, उसे देखकर ऐसा लग रहा था जैसे कई दिनों से खाना न खाया हो। पर इन सबके बावजूद उसकी नज़रों में अजीब सी चमक थी। आज़ादी की चमक! स्वाधीनता की चमक! उसे आज किसी का भय नहीं था। उसे पता था कि आज डर गया तो

उसे फिर से वही गुलामी भरी ज़िन्दगी जीनी पड़ेगी। वह स्टेज पर खड़ा ही था कि गदहा जाकर उससे लिपट गया। आशिक भी उसके पास पहुँच गया। इधर मुखिया जी हक्के-बक्के रह गए। उन्हें समझ ही नहीं आ रहा था कि इसने बाहर से भुसौरा का दरवाज़ा कैसे खोल लिया? आखिर चूहे जैसे इस जानवर ने इतनी हिम्मत कैसे दिखा दी। उनके मन में ऐसे विचार चल रहे थे कि आशिक ने चिंतित स्वर में पूछा, ''कहाँ थे दो दिन से?''

उसने आज किसी की नहीं सुनी, आज सुनता भी क्यों? अभी तक तो सिर्फ़ सुनता ही रहा है, आज उसके पास बोलने का मौका था। आशिक को पीछे करते हुए वह माइक के पास जा पहुँचा। ''मैं 'पागल है' हूँ। यह नाम आपने ही तो दिया था। जी आपने! आपका 'पागल है' जो कर्नाटक के एक ज़िले के एक गाँव गोलाहल्ली के प्रधान का बेटा है। मुझे बचपन में देर से सीखने की आदत थी। न किसी ने डॉक्टर के पास ले जाने की ज़रूरत समझी न इलाज कराने की। बस स्वीकार कर लिया गया था कि यह ऐसा ही है। मेरे स्कूल के अध्यापकों ने मुझे पढ़ाने से मना कर दिया। जो भी थोड़ा-बहुत पढ़ाती थी, वह मेरी माँ ही पढ़ाती थी। न उन्हें हिन्दी आती थी और न उन्होंने सिखाई। फिर ट्यूशन में भी मुझे कन्नड़ भाषा ही सिखाई गयी। मुझे नहीं पता, मैं यहाँ पर कैसे आ गया? पर मुझे लगता है, इसमें मेरे चाचा का ही हाथ है। छोड़ो, मैं मानता, हमारी बोली-भाषा आपसे अलग है। पर यहाँ कोई मुझे समझने की कोशिश नहीं करता। हर कोई मुझे 'पागल है' बोलकर, कंकड़-पत्थर फेंककर निकल जाता। मैं कई दिनों तक भूखा रहा, फिर मुखिया जी मुझे उठा लाए। खाने को दिया। मैं तब तक हार गया था। मुझे सिर्फ़ दो वक्त की रोटी चाहिए थी। पेट की भूख के आगे आज़ादी की सोच ने घुटने टेक दिए। आप लोगों ने मुझे पागल कहना शुरू कर दिया। मुखिया जी को पता चल गया था, मैं पागल नहीं। पर उन्हें फ्री का नौकर मिल गया था। इसलिए वो किसी से बताया नहीं।''

थोड़ा रुककर उसने आगे बोलना जारी रखा। आज वह कतई रुकने वाला नहीं था, ''मेरे चारों दोस्त, गदहा, आशिक, पोस्टमैन और खबरीलाल ने मुझे पढ़ाया और हिन्दी समझने में मेरी मदद की। मैं अब हिन्दी समझता। बोल सकता। मैं पागल नहीं। मैं कर्नाटक का रहने वाला। जहाँ के प्रधानमंत्री एच.डी. देवगौड़ा रहे। जहाँ का बैट-बल्ला खेलने वाले राहुल द्रविड़ हैं। मुझे हमारे घर छोड़ दो। मेरे मम्मी-पापा बहुत परेशान होगा।'' कहने के साथ ही

उसकी आँखों में आँसू आ गए। उसने आँसू पोंछते हुए बात आगे बढ़ाई, ''हम अपने से अलग इन्सान को कभी समझने की कोशिश नहीं करते। अपने से अलग आदमी को हमेशा के लिए अलग मान लेता। मेरी बोली, भाषा अलग देखा, मुझे 'पागल है' कहकर कंकड़-पत्थर फेंकने लगा। मुझे परेशान करने लगा। जब मेरे चारों दोस्तों ने मुखिया जी को बताया कि मैं पागल नहीं तो उसने सबको डाँट कर भगा दिया और मुझे बहुत मारा। मेरे भी मम्मी-पापा आपके मम्मी-पापा जितना प्यार करते। पर मुखिया जी खाना देने के बदले मुझे बहुत मारता। ताकि मैं डरकर, दुबक कर उसकी नौकरी करता रहूँ। उसे फिरी का नौकर मिल गया था।'' वह जैसे-तैसे बोले जा रहा था, मुखिया जी की सिट्टी-पिट्टी गुल हुई जा रही थी। वह पसीना पोंछते नज़र आ रहे थे। पसीना पोंछने की एक हद होती है। पसीना पोंछते हुए वे उठ खड़े हुए। उन्हें लग रहा था जैसे कोई प्रेम से कल रात के फुलाए हुए जूते मार रहा हो। उन्हें जूते खाना बर्दाश्त नहीं था और 'पागल है' के पास जाकर खीजते हुए बोले, ''क्या अनाप-शनाप बक रहा है। तुझे मैंने रोटी दी, उसका यह बदला लेगा।'' 'पागल है' उन्हें देखकर चुप हो गया। उसे याद आ गया कि किस तरह मुखिया जी उसकी कुटाई किया करते हैं। अभी पिछले दिनों ही तो उसकी जमकर धुनाई हुई थी और वह लगभग मरणासन्न हालत में पहुँच गया था। वह इससे पहले कि 'पागल है' को रोक पाते इस मौके का फ़ायदा उठाने मोहल्ले के परधान जी, जो इस बार फिर से परधानी का चुनाव लड़ने जा रहे थे, बीच में आ गये। आखिर यही सही समय था, गाँव की राजनीति में ढंग से हस्तक्षेप करने का। जीत के लिए जिस एक्स्ट्रा एडवांटेज की ज़रूरत थी, वह आज यहीं से प्राप्त होने वाली थी। उन्होंने मुखिया जी का हाथ पकड़ लिया और सर हिलाकर ऐसे बोले जैसे कह रहे हों, ''बस अब आपके दिन लद गए।''

आँखों ही आँखों में शिवमंगल सिंह ने 'पागल है' से बोलने का इशारा किया। अब तो 'पागल है' को भी विश्वास मिल गया था कि अब उसके साथ सिर्फ़ गाँव के बच्चे ही नहीं हैं बल्कि बुजुर्ग भी हैं। उसने आगे बोलना शुरू किया, ''जब मुखिया जी को यह पता चला कि मेरी आज़ादी के लिए मेरे दोस्त नाटक कर रहे हैं तो उन्होंने मुझे बहुत मारा! मार-मारकर भूसा वाले कमरा में डाल दिया। बाहर से बंद कर दिया। मैं दो दिन से भूखा। मुझे बहुत मारा।'' उसने अपने हाथ-पैर की चोट दिखानी शुरू की।

तभी नीचे से आवाज़ आई, ''इस मुखिया को हमने बनाया है। इसने इतना बड़ा अत्याचार किया । हम इसे छोड़ेंगे नहीं।'' उसका ऐसा बोलना था कि कई आवाज़ें उसके साथ हो गयीं। शिवमंगल सिंह अपनी मूँछों में ताव देने लगे। पर 'पागल है', यह लड़ाई नहीं चाहता था। ''अगर आप मेरा बदला लेना चाहते हैं, तो मुझे मेरे घर छोड़ दीजिये। मुझे अपने घर जाना।'' वह यह कहकर वहीं पर गिर गया। उसने कई दिनों से खाना नहीं खाया था, शक्ति क्षीण हो गयी थी। यह बस आज़ादी की ललक थी जिसने उसके अन्दर इतनी हिम्मत दे दी थी कि वह अपनी बात कह सके।

पूरा नाटक हो गया था। और तीनों बच्चे नीचे उतर रहे थे। तभी अनाउंसमेंट हुई कि अभी-अभी हज़ारी के घर में फ़ोन आया है कि फ़ौजी साहब ठीक हैं, बस हाथ-पैर में थोड़ी सी चोट और खरोचें आई हुई हैं। इसी खुशी पर लीजिये देखिये हीना डांसर का मस्त चकाचक डांस। गदहा के कानों में जैसे ही ये शब्द पड़े, उसके कान जैसे सुन्न पड़ गए। सभी तरफ़ उल्लास का माहौल बन गया। हर तरफ़ खुशी की लहर दौड़ गई। हीना डांसर 'झुमका गिरा रे बरेली के बाज़ार में' गाने पर नाचने लगी थी। उसके साथ सारी जनता उछल-उछल कर नाचने लगी। गाँव के लिए हर्षोल्लास का वक्त था। वहीं पर घर के सबसे भीतरी कमरे में पड़े शादीशुदा जोड़े इसी खुशी में हीना डांसर के कूल्हों को याद करके एक राउंड और मोहब्बत कर लेना चाहते थे। दूसरी तरफ़ गदहा ने घुटने टेक दिए। आँखें बंद कर लीं, मन-ही-मन ईश्वर को धन्यवाद देने लगा। उसे अच्छे कर्म का अच्छा फल मिला था। किसी के साथ अच्छा करने जाओ तो उसका परिणाम अवश्य मिलता है। उसे भी मिला था, उसकी सुन ली गयी थी, उसे ऐसा ही महसूस हो रहा था। उसे लग रहा था कि ठीक सावित्री की भाँति उसकी सुन ली गयी। वह अपने पिता जी को यमराज के पास से खींच लाया। पोस्टमैन और 'पागल है' गदहा के पास बैठ गए।

आशिक थोड़ा आगे बढ़ गया था। आज उसकी रग-रग में उत्साह की लहर दौड़ रही थी। आज उसे महसूस हो रहा था कि लड़कियों को प्रेम करने के इतर भी उसका जन्म हुआ है। उसने किसी ऐसे लड़के की मदद की जिससे वह लड़का अपने घर, अपने गाँव, अपने माँ-बाबू के पास पहुँच जाएगा। अपनी तरह के लोगों के पास पहुँच जायेगा, जो सच में उसे प्रेम दे सकते हैं। आखिर उसे प्रेम ही तो चाहिए। वह इस उत्साह में नीचे पहुँचा ही था कि उसे अपने

इस कृत्य का पुरस्कार भी मिल गया। सामने मयूरी खड़ी थी, वह नीचे उसका इंतज़ार कर रही थी। उसकी आँखों में आज आशिक के लिए सम्मान था, उसके लिए प्यार था। आशिक ने उसे देखा पर पिछली गलतियों की वजह से वह उसे नज़रअंदाज़ करते हुए आगे बढ़ने लगा।

जैसे ही वह आगे बढ़ रहा था उसके कानों में मयूरी की आवाज़ सुनाई पड़ी, ''झंडी लाल।''

मानो आशिक के पैरों ने आगे बढ़ने का विरोध कर दिया हो। उसे अपने कानों पर विश्वास नहीं हो रहा था। आखिर ये कैसे हो सकता है कि इतनी बड़ी गलती के बाद मयूरी उसे बुलाए। उसने पलटकर देखा। मयूरी उसी की तरफ़ देख रही थी। ''आज तुमने बहुत बढ़िया नाटक किया है।'' बायीं ठुड्डी में मस्से वाली मयूरी ने अपने हाथ में ली हुई चॉकलेट पकड़ाते हुए कहा, ''कल मेरे पापा कानपुर से दो चॉकलेट लेकर आये थे। एक तुम्हारे लिए लायी हूँ।''

आशिक ने संकोच करते हुए चॉकलेट ले ली, ''थैंक यू'' कहकर वह आगे बढ़ने ही वाला था कि उसे फिर से मयूरी की आवाज़ सुनाई दी, ''झंडी।''

उसने एक बार फिर से पलटकर देखा, उसे ऐसा महसूस हुआ मानो उसके दिल में गिटार बज गया हो। उसकी रग-रग में खुशी की लहर दौड़ गयी। मयूरी हाथ बढ़ाए हुए खड़ी थी, ''मुझसे दोस्ती करोगे?''

अब बारी आशिक की थी, उसने इधर-उधर देखा। कुछ लोग देख रहे थे। वह तुरंत शरमाकर भागता हुआ दूर निकल गया। इतनी दूर कि वहाँ पर सिर्फ़ वही था। चॉकलेट पकड़े हुए उसकी खुशी को नापने का कोई यन्त्र नहीं था। अब उसे ऐसा महसूस हो रहा था कि प्रेम करने के लिए उसे मुंबई जाने की कोई ज़रूरत नहीं। आखिर उसका प्रेम तो यहीं है।

अमावस्या की वह काली रात यही थी। जिस रात की अगली सुबह खबरीलाल के चाँद को जाना था। वह आज खबरीलाल को दिखी थी, पर उसके चेहरे पर मुस्कुराहट नहीं थी, शायद काफ़ी देर से उसकी आँखें खबरीलाल को ही तलाश रही थीं, पर खबरीलाल तो किसी और काम में लगा था। दोनों ने एक-दूसरे को देखा था, कोई इशारा नहीं हुआ। सिर्फ़ आँखों ही आँखों में एक-दूसरे को पढ़ लिया था। जैसे वे आँखें कह रही हों कि आज तुमने मौका गँवा दिया। कितना बढ़िया मौका था। पर खबरीलाल को इस बात का कतई मलाल नहीं था। उसने स्टेज के पीछे रहकर आज वह काम किया था

जो इस एक मौके से कहीं बढ़कर था। दोनों ने एक बार फिर से एक-दूसरे की तरफ़ देखा। वह अपने हाव-भाव से ऐसे दिखा रही थी जैसे कह रही हो अब वक्त आ गया है, चाँद भी ढल गया है। कल सुबह मुझे जाना होगा! उम्मीद है अगली बार तुम सही समय पर और सही वक्त मुझे मिलोगे। एक साल बाद यहीं पर इसी वक्त।

अगले दिन सुबह वह चली गयी। गाँव के उत्सव ने अमावस की उस काली रात को खत्म कर दिया। वह कुछ नहीं कर सकता था! सिवाय एक साल और इंतज़ार करने के।

उसे पता था, आज से एक साल तक उसका चाँद नहीं निकलेगा बस कल सुबह से फिर से उसी रोज़मर्रा के काम में लग जाना है। सिर्फ़ इस आशा में कि एक साल बाद उसका चाँद फिर से निकलेगा और वह मौका कतई नहीं गँवाएगा।

## ज़ीरो से हीरो

अब पूरे गाँव में सबको 'पागल है' की सच्चाई का पता चल गया था। 'पागल है' एक बार फिर से पूरे गाँव में चर्चा का विषय बन गया था। शिवमंगल सिंह ने इस बार होने वाले परधानी के चुनाव के लिए नींव डाल दी थी। उन्होंने 'पागल है' को अपने घर पनाह दी थी और उसको भेजने का इंतज़ाम भी वही कर रहे थे। चारों मित्र गदहा, आशिक, पोस्टमैन और खबरीलाल गाँव के हीरो बन गए थे। हर गाँव का बच्चा इन चारों से मित्रता करना चाहता था और इनके जैसा ही बनना चाहता था। पोस्टमैन और खबरीलाल को भी एहसास हो रहा था कि उन्हें यह सम्मान कभी चिट्ठियाँ देने और मोहल्ले की खबरें फैलाने से नहीं मिलता। आशिक को भी पता चल गया था कि अच्छे कार्यों की बदौलत ही मोहब्बत की प्राप्ति होती है और गदहा को यह पता चल गया था कि अधिक-से-अधिक प्रश्न पूछना ही जीवन में सफल होने का एकमात्र रास्ता है। भले ही वे प्रश्न गधापचीसी वाले हों। कुल मिलाकर, ये चारों ज़ीरो से हीरो बन चुके थे।

आखिर वह शाम आ ही गयी जो उस गाँव में 'पागल है' की अंतिम शाम थी। अगली सुबह 'पागल है' को शिवमंगल सिंह और उनके साथी छोड़ने जा रहे थे।

उधर मिसिराइन ने भी उस दिन ड्रामे में 'पागल है' को बोलते हुए देखा था। उसे भी यह बात पता चल गयी थी कि वह पागल नहीं है। बस उसकी भाषा भिन्न है। यह सोचकर ही किसी की भी आत्मा झकझोर जाती है कि एक लड़का सात वर्षों से अपने माँ-बाप, गाँव-घर से दूर सिर्फ़ भाषा की वजह से पागल बन कर समय गुज़ार रहा है। कितना अत्याचार उस पर हो रहा है। कितनी मानसिक प्रताड़ना झेल रहा है और उसे शारीरिक प्रताड़ना भी कम नहीं दी गयी। वह असल में उसके संघर्ष से प्रेम करने लगी थी। उससे प्रेम करने लगी थी। उसे भी ऐसा महसूस हो रहा था कि आखिर आज के बाद उसे प्रेम भरी नज़रों से देखने वाला चला जाएगा। उसे याद आया जब वह बाहर चारा काटने जाया करती थी तो वह उसके पीछे-पीछे चला करता था। उसे इस बात का विश्वास रहता था कि वह उसके पीछे आ रहा है इसलिए कोई दूसरा व्यक्ति उसके साथ कुछ भी गलत नहीं कर सकता है। उसे उसके पीछे आने में सुरक्षा का भाव महसूस होता था। वह जब पानी भरने बाहर निकलती थी तो उसकी नज़रें उसे देखा करती थीं। वह सिर्फ़ उसके लिए ही सज-धज कर बाहर निकला करती थी। कोई तो था जो उसके लिए समय निकाला करता था। उसे याद आया कि किस तरह से पोस्टमैन उसके प्रेम का फ़ायदा उठाकर उससे वशीकरण मंत्र जैसे गलत काम करवाया करता था। उसके बदले कई बार उसकी पिटाई भी हुई। आखिर वह प्यार करता था। मिसिराइन के अन्दर प्रेम भाव बढ़ता जा रहा था। उसने अपने मन में कुछ ठान लिया था।

'पागल है' इस अंतिम शाम को अपने चारों मित्रों के साथ अधिक-से-अधिक वक्त गुज़ारना चाहता था। वह उनको अंतिम बार जी भरकर देख लेना चाहता था। उन्हें छू लेना चाहता था। उनकी नज़रों में नज़रें डालकर उनसे बात कर लेना चाहता था। उसे महसूस हो रहा था कि कल के बाद ये मित्र उसे कभी नहीं दिखेंगे। कम-से-कम तब तक तो नहीं ही दिखेंगे जब तक चारों और वह बड़े नहीं हो जाते और इनमें से कोई एक-दूसरे के गाँव नहीं जाता। इन लोगों के साथ खेला गया बैट-बॉल, गदहा द्वारा पढ़ाई गयी हिन्दी, पोस्टमैन से सीखी गयी कारस्तानी, आशिक से सीखा गया प्यार, कैसे हर किसी से मोहब्बत की जाए और खबरीलाल से सीखा कैसे हर छोटी-छोटी गतिविधि पर पारखी नज़र रखी जाए। ज़िंदगी में सब सीखें बहुत काम आने वाली थीं। सभी आशिक के घर में एक साथ बैठे हुए थे। पाँचों ने एक साथ

रात का खाना खाया। फिर देर रात तक सब बैठे रहे। एक-दूसरे को छोड़ने का मन नहीं हो रहा था। कल से वे लोग पाँच से फिर चार रह जायेंगे। यह उनकी एक साथ अंतिम शाम थी, गदहा की मम्मी कई बार उसे सोने के लिए बुला गयी थी। पोस्टमैन भी जल्दी से गाय, भैंस का चारा-सानी करके भाग आया था। खबरीलाल ने आज दूध दुहाने किसी और को भेज दिया था। बस 'पागल है' को निहार रहे थे। उनकी ज़िन्दगी में 'पागल है' के रूप में एक ऐसा अध्याय जुड़ गया था, जो किसी भी विपरीत परिस्थिति में हार न मानने का पाठ पढ़ा चुका था। हर अँधेरे का एक दिन सवेरा ज़रूर होता है। ज़िन्दगी में जितनी भी कठिन परिस्थिति आ जाए उससे लड़ना आना चाहिए। हार खुद-ब-खुद हार जायेगी। पाँचों बातें करते-करते सो गये।

भैंसों के चारा-सानी की आवाज़ और लोगों के लोटा लेकर खेतों पर निकलने की चहलकदमी से उन सभी की नींद खुल गयी। चारों का दिल धक से हुआ, आज के बाद 'पागल है' को वे लोग कभी नहीं देख पायेंगे। मन में दुःख था पर दूसरी तरफ़ खुशी भी थी कि वह अपने घर, अपने देश चला जाएगा। जबकि 'पागल है' के लिए यह सुबह बिलकुल अलग सुबह थी। किरणों में अजीब तरह की चमक थी। आज वह अपने घर के लिए रवाना होगा। इतने लंबे वक्त के बाद वह जन्म देने वाली अपनी माँ से मिलेगा, अपने बाबू से लिपट जाएगा। वहीं वह उन लोगों, उन जगहों को हमेशा-हमेशा के लिए छोड़ जायेगा जिनके साथ वह पिछले सात सालों से रह रहा था।

वह भागकर एक बार मड़ैया हो आया, वहाँ कोने में पड़े अपने बदबूदार फटे-पुराने बिस्तर को छू आया। पिछले सात सालों से उन बिस्तरों ने ही सर्दी बरसात सभी से उसकी रक्षा की थी। वहाँ पर खड़ी उस भैंस के पास गया, जो तब पहली बार गाभिन हुई थी। अब वह चार बच्चों की माँ बन चुकी थी। वह उससे जाकर लिपट गया। उसके साथ उसने बड़ा लम्बा वक्त गुज़ारा था। उसके आँसुओं की साथी वही तो थी। जब वह निराश होता और भैंस को चारा-सानी करता तो वह उसके आँसुओं को चुपचाप पगुराते हुए देखा करती थी। जब उसके जाने का वक्त है तो उसने भी चारा खाना बंद कर दिया है। उसकी आँखों से आँसुओं की धार बह रही है। फिर वह उस भैंस के पास पहुँचा जो उस पुरानी भैंस की पहली बच्ची थी। उसे याद आया कि

जब उसने जन्म लिया था तो वह चल नहीं पा रही थी। उसने ही उसे परेशान करके दौड़ना सिखाया था। जब वह दूध दुहा करता था तो मुखिया जी के कई बार हिदायत देने के बावजूद भी उस बच्चे को अधिक दूध पिला दिया करता था। फिर जब वह बड़ी हुई तो तालाब में उसके ऊपर बैठ जाया करता था। कई बार वह तालाब पार करा दिया करती थी और कई बार जब उसे तालाब में लोटने का मन हुआ करता था तो वह वहाँ पर लोट जाया करती थी एवं 'पागल है' भी उसके साथ उस गंदे पानी का आनंद लिया करता था। आखिर सिर्फ़ जानवर ही तो थे जो रंग भेद और भाषा की वजह से उससे भेदभाव नहीं करते थे। वह उसे वैसे ही प्रेम करते थे जैसे उसके गाँव के जानवर। सिर्फ़ वही तो थे जो उसे 'पागल है' न समझकर अपना दोस्त और अपना मालिक समझते थे। आज वह सबसे मिल लेना चाहता था। आज के बाद उसे ये मित्र नहीं दिखाई पड़ेंगे जिन्होंने उसके बुरे वक्त में दोस्त बनकर साथ दिया था।

वह दोनों बैलों के पास पहुँचा। जिन्होंने उसे हिम्मत रखना सिखाया था। मनुष्य आखिर अपने फ़ायदे के लिए बड़े क्रूर तरीके से बैलों को भी तो बधिया बना देता है। ये बैल उसे हमेशा सांत्वना और प्रेरणा देते थे कि जब वे अपनी ज़िन्दगी बिलकुल अलग तरह से जी रहे हैं, इच्छाओं का गला घुट चुका है तो उसे भी अपनी ज़िन्दगी को इसी अंदाज़ में बिना दुःख किए जीना चाहिए। इन बैलों के सहारे ही वह अपने कष्टों को भूलता रहा। आज वह उन बैलों को धन्यवाद देने आया था कि अगर वे न होते तो शायद आज यह दिन न आता और वह घर पहुँचने से पहले ही ईश्वर के पास पहुँच चुका होता।

फिर वह उस गली में पहुँचा जहाँ पर पहली बार उसकी उन चारों से दोस्ती हुई थी। वहाँ की मिट्टी को उसने चूमा, आखिर वह जगह न होती तो अपने घर कैसे पहुँच पाता। आज वह उगते हुए उस सूरज को देख रहा था, दो नीम के पेड़ों के बीच से उगता हुआ लाल रंग का सूरज, मानो उसके जाने पर आँसू बहा रहा हो। वह अंतिम बार उस उगते हुए सूरज को देख लेना चाहता था। आज के बाद उसे यह सूरज तो दिखेगा पर इस माहौल, इस खुशबू में उसे उगता हुआ अंतिम बार देख रहा था। ऐसे पैंट-शर्ट पहने फर्राटे से हिन्दी बोलते लोग उसे आज के बाद कभी नहीं दिखाई देंगे।

फिर वह मुखिया जी के द्वार पर गया। उसे याद आया कि किस तरह से

पहली बार मुखिया जी ने उसे भोजन दिया था। वह उस दिन को याद करके उस देहरी को नमन कर आ गया। आखिर इस देहरी ने उसे सात साल का वक्त गुज़ारने के लिए जगह दी। अब वह इसे भी कभी नहीं देख पायेगा।

अंत में वह अपनी प्रेम गली से गुज़रा। उसे याद आया कि किस तरह आज से पाँच वर्ष पहले उसे अपने गाँव जैसी लड़की दिखी थी। जिसके लिए वह कितने चक्कर लगाया करता था। वह यहीं पर खेल खेला करती थी, पानी भरा करती थी और कभी-कभी छत पर खड़ी हो जाया करती थी। उसने उसके जीवन में उत्प्रेरक का काम किया था। इतने कष्टों के बावजूद वही तो थी जिसको देखने के लिए वह सुबह से शाम तक इंतज़ार किया करता था। आज के बाद वह भी इस घर, इस हैण्डपंप और इस छत को नहीं देख पायेगा। वह जाते हुए एक बार मिसिराइन को आँख भर देख लेना चाहता था। काफ़ी देर इंतज़ार करता रहा। जब वह नहीं आई तो निराश होकर चल दिया, पर पलट-पलट कर वह देख लेता था। कुछ आगे बढ़ा ही था कि तभी छत पर उसे गाजरी रंग का सूट पहने हुए लड़की दिखी, उसके घुंघराले बाल पहचानने में उसे देर नहीं लगी। वह वहीं पर खड़ा हो गया। उसे देखता रहा। आज के बाद शायद वह कभी उसे नहीं देख पायेगा। वह उससे लिपट जाना चाहता था, रो लेना चाहता था। लेकिन उसे पता था कि वह उससे प्रेम नहीं करती है। वह निराश हो गया था शायद उसने आखिरी बार अपने प्रेम को देख लिया था। वह अपनी नज़रें फेरकर वापस जाने लगा तभी उसे ज़ोर से आवाज़ सुनाई दी, ''परदेसीबाबू।''

''परदेसीबाबू।'' पहली बार उसे किसी ने 'पागल है' छोड़कर किसी अन्य नाम से पुकारा था। पर वह आवाज़ पहचान गया था कि वह आवाज़ मिसिराइन की ही है। उसने मुड़कर देखा तो मिसिराइन ने हाथ हिलाकर उसे रुकने का आग्रह किया, ''रुको'' और भागती हुई छत से नीचे आने लगी।

'पागल है' भी दौड़कर उसकी तरफ़ जाने लगा। वह भागकर उसके पास आई। उसको निहारती रही। आँखें भरी हुई थीं। वह फूट-फूट कर रोना चाहती थी पर खुद को रोककर बोली, ''आज से तुम्हारा नाम परदेसीबाबू है। हम लोग तुम्हें परदेसीबाबू नाम से याद रखेंगे।''

जैसे ही मिसिराइन ने ऐसा बोला 'पागल है' उर्फ़ परदेसीबाबू की आँखों से आँसुओं की धार बहने लगी। उसे कुछ समझ ही नहीं आ रहा था। उसने सर

हिलाकर स्वीकृति प्रदान की।

अपनी भरी आवाज़ में मिसिराइन ने आगे कहना शुरू किया, ''तुमने यहाँ पर सात साल 'पागल है' बनकर गुज़ारे हैं। पर आने वाली पूरी ज़िन्दगी एक शिक्षक के रूप में गुज़ारोगे। हम सभी को यह सीख देकर जा रहे हो कि चाहे जितनी विपरीत परिस्थिति मिल जाए, हमें हार नहीं माननी चाहिए। अपनी जिजीविषा के सहारे भरसक जीना चाहिए। एक दिन ज़रूर कोई-न-कोई रास्ता निकलेगा।''

वह रोता हुआ बस सर हिला रहा था। वह फिर आगे बोला, ''मैं तुम्हें बहुत याद करूँगा।''

मिसिराइन भी अब टूटने वाली थी। उसने खुद पर काबू पाने की कोशिश करते हुए कहा, ''हम लोग भी तुम्हें बहुत याद करेंगे, पता नहीं तुम्हारे बिना अब मैं सज-धज कर किसके लिए पानी भरने आऊँगी? जब मैं बाहर चारा काटने जाऊँगी तो कौन मेरी सुरक्षा के लिए पीछे आएगा?'' वाक्य पूरा करते-करते उसकी आँखों से आँसू बहने लगे।

'पागल है' ने अपने हाथों से उसकी आँखों के आँसू पोंछते हुए कहा, ''मैं सच में तुमसे प्यार करता।''

मिसिराइन ने हाँ में सर हिलाते हुए जवाब दिया, ''मैं तुम्हारा इंतज़ार करूँगी। जब बड़े हो जाना, तब मुझे ले जाना यहाँ से बहू बनाकर। मैं वहाँ पर किसी और को बैठने को नहीं दूँगी, जहाँ पर तुम बैठा करते थे। मैं यहीं पर चौखट पर बैठकर हर शाम तुम्हारा इंतज़ार करूँगी।'' फिर उसने अपने दुपट्टे से आँसू पोंछते हुए उससे पूछा, ''तुम आओगे ना?''

'पागल है' ने अपने आँसुओं को रोकते हुए हामी भर दी। ''हाँ, मैं तुम्हें लेने ज़रूर आऊँगा।''

❑❑❑

www.ingramcontent.com/pod-product-compliance
Ingram Content Group UK Ltd.
Pitfield, Milton Keynes, MK11 3LW, UK
UKHW040042200726
13854UKWH00001B/495

9 788194 131816